山與林的深處

Two Trees Make a Forest

一位臺裔環境歷史學家的尋鄉之旅，

在臺灣的植物、島嶼風光和歷史間探尋家族與自身的來處與記憶

Travels Among Taiwan's Mountains & Coasts in Search of My Family's Past

Jessica J. Lee 李潔珂 ———著 郭庭瑄 ———譯

臉譜書房 FS0144X

山與林的深處

一位臺裔環境歷史學家的尋鄉之旅，在臺灣的植物、島嶼風光和歷史間探尋家族與自身的來處與記憶

Two Trees Make a Forest: Travels among Taiwan's Mountains and Coasts in Search of My Family's Past

作　　者　李潔珂（Jessica J. Lee）
譯　　者　郭庭瑄
責任編輯　許舒涵
行　　銷　陳彩玉、林詩玟
業　　務　李再星、李振東、林佩瑜
封面設計　莊謹銘

副總編輯　陳雨柔
編輯總監　劉麗真
事業群總經理　謝至平
發 行 人　何飛鵬
出　　版　臉譜出版
台北市南港區昆陽街16號4樓
電話：886-2-2500-0888 傳真：886-2-2500-1951
發　　行　英屬蓋曼群島商家庭傳媒股份有限公司城邦分公司
台北市南港區昆陽街16號8樓
客服專線：02-25007718；02-25007719
24小時傳真專線：02-25001990；02-25001991
服務時間：週一至週五上午09:30-12:00；下午13:30-17:00
劃撥帳號：19863813 戶名：書虫股份有限公司
讀者服務信箱：service@readingclub.com.tw
城邦網址：http://www.cite.com.tw
香港發行所　城邦（香港）出版集團有限公司
香港九龍土瓜灣土瓜灣道86號順聯工業大廈6樓A室
電話：852-25086231 傳真：852-25789337
電子信箱：hkcite@biznetvigator.com
新馬發行所　城邦（馬新）出版集團
Cite（M）Sdn. Bhd.（458372U）
41, Jalan Radin Anum, Bandar Baru Seri Petaling,
57000 Kuala Lumpur, Malaysia.
電話：+6(03)-90563833 傳真：+6(03)-90576622
電子信箱：services@cite.my

一版一刷　2022年4月
二版一刷　2025年8月

城邦讀書花園
www.cite.com.tw

ISBN 978-626-315-673-9（紙本書）
ISBN 978-626-315-669-2（EPUB）

售價：NT$ 400
（本書如有缺頁、破損、倒裝，請寄回更換）

國家圖書館出版品預行編目資料

山與林的深處：一位臺裔環境歷史學家的尋鄉之旅，在臺灣的植物、島嶼風光和歷史間探尋家族與自身的來處與記憶／李潔珂（Jessica J. Lee）著；郭庭瑄譯. -- 二版. -- 臺北市：臉譜出版：英屬蓋曼群島商家庭傳媒股份有限公司城邦分公司發行, 2025.08
面；　公分. --（臉譜書房；FS0144X）
譯自：Two trees make a forest : travels among Taiwan's mountains & coasts in search of my family's past
ISBN 978-626-315-673-9（平裝）
885.36　　114007566

各界讚譽

「《山與林的深處》是一部書寫細膩的沉思錄，關於回憶、愛、風景——以及在語言中尋找一個家。書中的篇章敘事精煉，閃耀著光芒，眷戀地彼此傾靠；無論就形式或內容而言，都是一本美麗的書，在在刻畫出人與人、地方與地方之間的距離及連結歷程。」

——羅伯特・麥克法倫（Robert Macfarlane），《大地之下》（*Underland*）作者

「《山與林的深處》以形塑出個人面貌的家族與自然景觀為題，用清澄的雙眼和溫暖的內心進行了一場深刻燦爛的冥思書寫。李潔珂是

位獨具詩意的才女，細細捕捉了那些神祕、絕美的事物。」

——張溫寧（Sharlene Teo Wen-Ning），
《魔女》（*Ponti*，暫譯）作者

「《山與林的深處》踏上一條蜿蜒的小路：穿過山徑、越過樹根、經過琵鷺走進家族過往。李潔珂透過這部思緒細膩的回憶錄，邀請讀者思考，是什麼讓家鄉成為家鄉？是語言、家族，還是風景？我的心在讀完這本書後情感滿溢。」

——羅雲．久代．布坎南（Rowan Hisayo Buchanan），
《無害如你》（*Harmless Like You*，暫譯）作者

獻給我的家人。

那棵樹霎時變得宛若火刑柱，
底下的亡靈灰燼已然冷卻。

——布蘭登．下田（Brandon Shimoda），
《木瓜樹》（*The Papaya Tree*，暫譯）

在臺灣	在中國大陸
約九百萬年前：臺灣島開始形成	
約一萬至六千年前：臺灣原住民定居於此	
1542年：葡萄牙水手看到臺灣，稱之為「福爾摩沙」	
1624年：荷蘭人抵達今日的臺南	
1626年：西班牙人在臺灣北部落腳	
1661年：鄭成功渡海攻取臺灣，擊敗荷蘭軍隊	1636年：清朝開國
1683年：清朝開始統治臺灣	
1853年：展開異域生物調查	
1895–1945年：中日簽訂《馬關條約》，臺灣割讓給日本	
	1912年：清朝滅亡，中華民國建立
	1927年：國共內戰爆發
1945年：臺灣回到中國國民黨轄下	1937–1945年：第二次中日戰爭（第二次世界大戰太平洋戰區）
1949年：國共內戰結束，臺灣進入戒嚴時期	
1971年：中華民國（臺灣）退出聯合國；中華人民共和國取而代之	1966–1976年：文化大革命
1987年：臺灣解除戒嚴	1989年：天安門事件
1999年：九二一大地震	
2009年：莫拉克颱風侵臺	

序言

踏入雲霧森林的第一天，山霧便深深打動了我的心。周遭的世界綿延開展，探進茫茫的白；我雙腳踏地，除了林木的顏色外什麼都看不見。土壤焦深的橙黃一路攀上無花果樹皮，灰金二色的地衣點綴其間。清晨的雨珠和霧氣讓小徑吸飽了水，溼漉一片。眼前冷冽的白霧有如糖漿——之濃、之稠，我過去從未見過。媽媽走在我身後，一伸手就碰得到。

出於好奇與長期受壓抑的冒險精神，我們沿著這條小徑穿越峽谷。從小到大，我沒有和媽媽一起健行過，無論是家族旅遊、加拿大森林步道，又或者是威爾斯的山峰。然而在這裡——在我母親出生的島上——她想深入山林，探尋從前熟悉、炎熱蒼鬱的森林，重返位於老家附近、兒時經常漫遊的綠地，於午後在潮溼的稻田間散步，細數過去每一寸土地上生氣蓬勃的植物。我的外公，也就是她的父親，不久前離開了這個世界。

這是我第一次看到她散發出這般活力。

過去幾年，我們母女倆見面的地方僅限於郊區自家、車上和餐廳，而且從不在天氣不好時外出，一起踏上山腰還是頭一遭。健行這個想法如突然閃現的回憶般出乎意料，不期而至。我想起有一次全家出遊，姊姊和爸爸邁開大步向前，我和媽媽步調一致地慢慢走。行動的欲求逐漸滲入雙腿和腳掌，彷彿電流竄過電線，讓身體活躍起來。於是我們抓了地圖，走進溼氣氤氳的山區。

這條小徑和臺灣許多步道一樣自路邊延伸，通往一座橫跨峽谷的吊橋。石灰岩與大理岩裂隙陡降至河岸，銀綠色小徑穿過岩間蜿蜒而出。峭壁上懸著簾幕一樣的爬藤，遮蔽了自山腰突出的嶙峋岩脊，這些隆起隨著時間逐漸萎縮，風化成一個個仍保有岩根的石塊。帶刺的樹叢自侵蝕留下的孔洞探出頭，藤蔓爬上光滑的岩石表面，青翠的草木不斷努力，留下生命的足跡。

我不知道我們期待什麼樣的景色。儘管氣候惡劣，凜冬的空氣在臺灣群峰間穿梭，我們依舊冒險登山，沿著將近兩公里的木頭階梯啟程，每走一步，呼吸就愈濃濁。土壤的味道、植物的清香和水氣混雜在一起；潮溼的環境讓聲音變得模糊不清，腳下的靴子隨著步伐發出沉重的悶哼。爬得愈高，能見度就愈低。我們從半山腰出發，往上探入雲層。小徑邊緣漫著無盡的白。

我母親懼高。也許看不見我們走了多遠比較好。

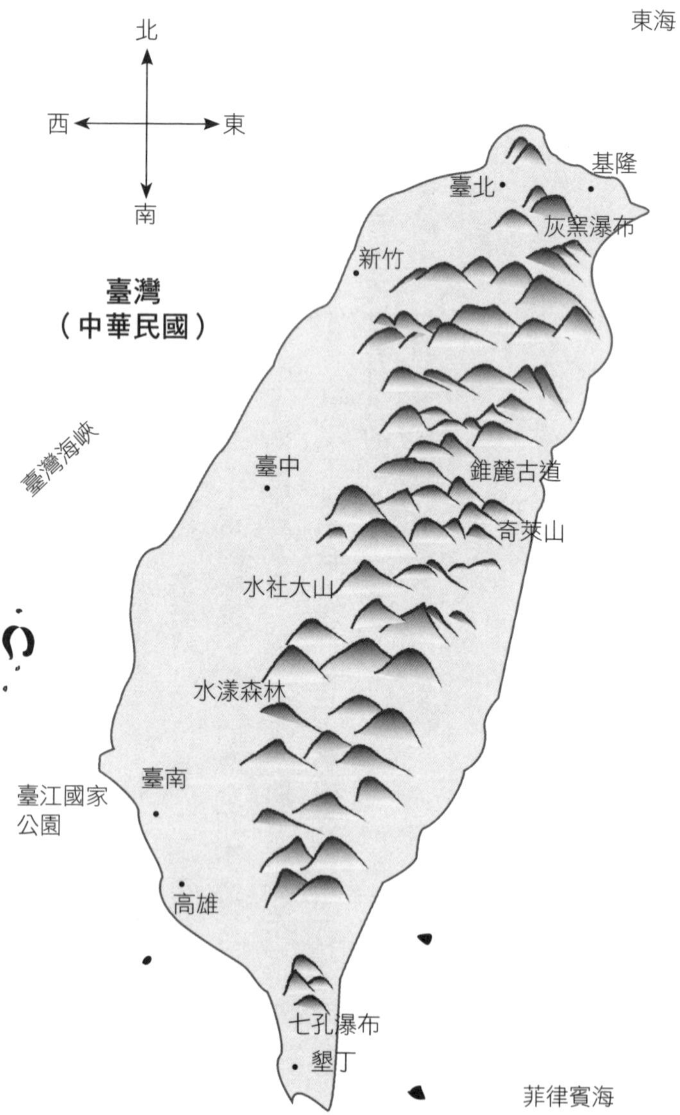
東海
北
西
東
南
臺灣
（中華民國）
臺灣海峽
基隆
臺北
灰窯瀑布
新竹
臺中
錐麓古道
奇萊山
水社大山
水漾森林
臺南
臺江國家
公園
高雄
七孔瀑布
墾丁
菲律賓海

島

名詞 | 島嶼

板塊運動，碰撞擠壓，

堆疊沖積，島嶼就此誕生。

1

我知道許多跟「島」有關的詞彙，例如島嶼、環礁、河心島、海嶼等，有的單獨存在，有的屬於群島的一部分。根據定義，這些地質現象都與水息息相關。畢竟英文的「island」（島）源自德語的「aue」，後者又溯及拉丁語中的「aqua」，也就是「水」的意思。島嶼為漂浮世界，群島則是遠洋之境。

中文的「島」字和水毫無關聯。對一個從海洋向內陸發展的文明來說，以廣袤的山脈為象徵更加貼切：「島」孕育自天地之間，字形結構中蘊藏著「鳥」棲息於孤「山」的概念。

臺灣島寬約一百四十三公里，但在這短短的距離內就攀升了近四千公尺。海平面到陡峭山峰間的變動創造出豐富多樣的棲地，因此，這座小島的森林面積比島嶼本身的平面面積更廣。海岸邊長滿富含鹽分、浸潤著陽光的紅樹林，往南移動，可以看見蔥鬱的熱帶叢林。熱帶雨林的溼熱氣候讓溫帶植物得以繁茂茁壯，從闊葉林到針葉林都有。北方森林從島嶼中央的山坡萌芽，長成許多高聳參天、巨如房屋的大樹。林線另一邊，山脈逐漸過渡至平原；探向高空的甘蔗田朝四方擴展。樹木就像地圖上的拓撲環一樣按海拔排列。

臺灣自衝突中誕生，位於兩條火山弧交會處，是一塊不甚穩定、永遠處於對峙狀態的陸地。島嶼本身座落在中國東南部、日本西部及菲律賓北部，位居環太平洋火山帶（即經常發生地震與火山爆發的太平洋區域）與兩個板塊的交界處，地質學家稱之為「破壞型板塊邊界」。距今約九百萬到六百萬年前的中新世時期，歐亞大陸板塊與菲律賓海板塊互相碰撞推擠，形成了臺灣島。這種碰撞力道極為強大，能使一個板塊被擠壓、隱沒到另一個板塊之下，將陸地自海底抬升，但從而構築出的板塊邊界也可能帶來破壞性衝擊。

中央山脈綿延約三百四十公里，長度占了島嶼的五分之四；雪山山脈呈弧狀跨越島嶼北部，兩側都有斷層；西部的山麓和平原縱橫錯落，像被毯上的縫線一樣分割、影響地形景觀；東部的海岸山脈則位於斷層線與海洋之間。

島上有兩百多座三千公尺以上的高峰，地表構造變化迅速堆疊成片岩、片麻岩、大理岩和板岩等巧工之作。這些峻嶺位列世界上最年輕的山脈，而隨著菲律賓海板塊以每年約八公分的速度朝西推進，這些山也持續移動。造山運動的力量形塑出巍峨的山脈，臺灣的山一天比一天更高。

島嶼的魅力令人著迷。許多關於島的神話都充滿想像空間，和其遺世孤絕的特質連結在一起。故事中描繪的島嶼既真實又夢幻——廣受喜愛的希臘伊薩卡島（Ithaca）、暴風雨中的海港，滿布礁岩和沃土的大地承載著伊甸園與田園牧歌式的理想國意識形態，以及對天堂樂土的憧憬。

中國海岸線和零星的島嶼近在咫尺，看似容易抵達，但幾個世紀以來，那些遠在臺灣海峽與東海上的諸島始終危機四伏，難以探索。不難想像它們是如何受到美化，或因為遠離中華文明而遭人憎惡。中國神話中有個地方叫蓬萊，是山也是島，更是神仙憩居之所，有酒水永不乾涸的杯盞和白米取之不盡的飯碗。西元前三世紀，首位統一中國的始皇帝派人乘船航向東方，尋找這座神祕的仙島；據說皇帝的使者最後到了日本。遠古傳說中的島嶼經常被描繪成物產源源不絕、超乎現實的豐饒之境。

然而，蓬萊也是傳統對臺灣的雅稱之一。臺灣以富饒聞名，清朝探險家初次來臺時發現島上蘊藏豐富的自然資源，故有此稱。一六九七年，清代文士郁永河來臺探勘硫磺，在原住民嚮導和僕役的帶領下沿著海岸遊歷島嶼。據他描述，臺灣的稻穀碩大如豆，農作物產量大概是大陸上的兩倍，椰子還可以劈開當酒杯，而且水果種類繁多，大部分都沒看過，運回中國可能會腐爛變質；整座島生機盎然、資源豐沛，完全自給自足。對來自大陸的人而言，這些東方群島是矗立於洶湧波濤中生氣蓬勃的高山。但與神話中永垂不朽的島嶼不同，臺灣屬於物質世界，是個斷層遍布、充滿生命力的國度。

這是一個關於臺灣的故事，也是一個關於家族的故事。

語言形塑出一個家。我用英語思考，用德語形塑當前在柏林的生活，但我小時候最先學會的是華語，也就是我媽媽的母語。我還記得一些字，像是「狗」、「老虎」、「愛」等，其中印象最深的便是「公」（外公）和「婆」（外婆）。

外公和外婆離開傳承數代的家族田宅，遷居臺灣，在那裡生活了將近四十年，無法回到中國大陸。一九四九年，即第二次世界大戰過後幾年，國共內戰終了之際，蔣介石領導的中華民國政府撤退到臺灣，他們也跟著上百萬中國人一起渡海來臺。這座島歷經多次易主，原住民落腳臺灣數千年，十七世紀西班牙人與荷蘭東印度公司的到來讓爭奪這座島的糾紛持續延燒，雙方都在西岸建立貿易據點，並由後來的中國殖民者接手，統治臺灣兩百多年。一八九五年第一次中日戰爭結束，臺灣進入日治時代，直到一九四五年才歸還給中華民國。外公和外婆抵達臺灣後，數十年的文化隔閡成了難以跨越的巨大鴻溝。

像我外祖父母這樣的人及其後代在臺灣被稱為外省人（字面意思：「來自他省的人」，指中國大陸移民），這個詞很籠統，我到現在都不太確定該如何解釋我們的血脈源流。我的家族歷史以不太精確的軌跡涉足多地，直至界線模糊不清，無法定義。最後，他們帶著我母親移民加拿大，而我就是在那裡出生。外公臨終前離開加國，回到了臺灣。隨著年齡增長，我先搬到爸爸的家鄉英國，後又遷居德國，以作家和學者的身分生活在這裡。我和媽媽、姊姊不知道自己算是中國人（我們來自的那個中國已不復存在）還是臺灣人。沒有任何字眼可以總括我們橫越不同大陸和水域的足跡。

名稱大多帶有複雜的含義，且往往源於自異國彼岸遠航而至者的陳述和誤解，從征服的陷阱中誕生；以臺灣而言，就是中國、日本、葡萄牙、西班牙與荷蘭。例如「福爾摩沙島」（Ilha Formosa）是葡萄牙語，意為「美麗之島」；「大員」是臺灣一支原住民族的居住地；「琉球」指的是沖繩島弧，而臺灣就座落在島弧末端。臺灣（或台灣）二字中的「臺」代表平臺或臺地，「灣」則象徵海灣。一個位於翻騰大海中的據點。

這裡的名字被埋覆在其他事物之下，像地震形成斷層那樣自地底迸發。從一九四五年起，這個國家正式成為大家熟知的「中華民國」，有時更烙上「中國臺灣省」這個灼燒又充滿煽動性的記號。

島上的岩石訴說著破壞的歷程。板塊運動鍛造出地貌，休火山散落其間，山陵從海面陡然竄升至天際，無法一眼捕捉到全貌。這個地方需要花時間細細體驗、慢慢感受，但也可能一個地牛翻身，瞬間崩毀。

十八歲那年，外公忘了我是誰。當時我在外公、外婆位於尼加拉瀑布（Niagara Falls）旁的平房裡，躺在沙發上小睡，等媽媽開車來接我們回家。我來外公、外婆家住過很多次，每逢寒暑假、週末或爸媽出差，我就會被送到這裡。我很熟悉腳下那張厚厚的橘色地毯，知道黑暗中的電燈開關摸起來是什麼感覺，被煙燻到變色的玻璃餐桌邊緣有哪裡突起，我小時候的哪張照片放在哪座架子上。地下室的臺灣連續劇錄影帶堆得像小山，發霉泛黃的中文報紙疊放在屋子角落，染上聚丙烯錄影帶的氣味。我還記得那些聲音和味道；記得外公喜愛的玉雕山水藝術品；記得自己幫忙照顧他的盆栽。我舒服地蜷縮在夏日微黏的黑色真皮沙發上酣眠，直到外公站在我腳邊，指著我，用他僅存的語言說話。

「那是誰？」

外公的阿茲海默症就這樣明擺在我眼前。意識到過往的點滴飛快消逝，我開始提問，急著想探尋一切。從前我總將外公、外婆的生活視為理所當然，語言成了一大障礙。到了八歲，我就不再去上週六的華語學校，因為我怕自己是三個小時的民謠與書法班裡唯一一個華人混血小孩，所以我的中文愈來愈差，最後只剩一點基本能力。我們共度的日子逐漸簡化。我對外公、外婆的記憶大多停留在他們做的菜。

我父親來自一個大家族，家人之間關係緊密，向心力很強。我和姊姊妮卡還小的時候，爺爺、奶奶從威爾斯搬到加拿大，和他們在一起讓我感受到共同語言、親戚與遠親的溫暖。但我母親那邊沒有其他親朋好友在加國，沒有阿姨、曾外祖母或表兄弟姊妹可以拜訪。向來是如此；我想許多移民家庭都是這樣，像我們一樣散居世界各地。

我知道外公、外婆在中國出生，卻將臺灣視為家鄉。雖然我只在嬰兒時期去過臺灣，但我總有種模糊的感覺，好像隱約知道原因。雖然偶爾會有人提起過去的戰事、政府領導人、戰鬥機和共產主義的弊病，但加拿大的學校並沒有教這段歷史。有些人聽到我的家人來自臺灣，都會說：「泰國？我好愛泰國菜！」我學會帶著微笑巧妙糾正對方，不想讓別人察覺我內心的沮喪，但同時也意識到自己有多不了解自己。

我眼中的外婆向來脾氣暴躁，有點難相處。她會和我爸媽起口角，而且幾乎不跟外公說話，只有在責備他時才開口。她很寵我和妮卡，會買超大隻的泰迪熊、瑞士三角巧克力和金莎巧克力給我們，但有時這股心力會迅速移轉到別的地方，這時我就會跟她保持距離。一個字、一句話，都有可能讓她受傷，而且經常如此。

外公是個沉默寡言的人，下班後他常獨自閱讀或照料盆栽。小時候我會去他擔任清潔工的波亞迪大廚（Chef Boyardee）義大利麵罐頭工廠找他，看他拖地。褐色磚頭砌成的廠房裡有許多大型鋼鐵機具，處處瀰漫著煮熟的澱粉香和柑橘清潔劑的氣味，讓我非常著迷。我會看著外公一如往常地安靜打掃，只要他買一罐牛肉義大利餃給我，我就會帶著孩子氣的驕傲綻出燦笑。我從未探問他的人生是如何走到今日。一個早就過了退休年紀的人，拿著熱拖把拖過加拿大工廠地板。

我第一次去臺灣時還是個小嬰兒，二十七歲那年，我第二次踏上那塊土地，和媽媽一起返鄉掃墓。幾年前外公回到臺灣，在那裡與世長辭。他的記憶逐漸衰退，孤零零地死去。雖然我們對發生的一切沒有決定權，也無法改變什麼，但感覺就像背叛了他一樣，再無機會挽回。

我母親移居國外數十年，這座島聲聲呼喚我的家人回鄉。媽媽開始談起退休後要永遠搬回臺灣。我看著她踏上不同的國度，努力過不同的生活，也知道她有多難受，說著承襲下來的語言，用中文問子女問題，得到的卻是英文回應。我們像小鬼頭那樣嘲弄她的口誤，雖然她會開玩笑說「那不然你們講中文啊」，我還是能感受到她語氣中的失落。臺灣深深吸引我們，有時卻又把我們推開。我心裡萌生出一種難以言喻的渴望。

我和媽媽那次回臺灣，大多時間都在市郊蒼鬱的山丘與小徑間漫遊。我們南下來到墾丁，她以前放假時經常泡在這裡，於珊瑚礁林立的半島度過童年時光。我們頂著北部的雨水前往陽明山，深入雲霧籠罩的太魯閣，感覺就像在風景中找到一種表達方式——關於這座島，關於我們的人生，超越外公的死，超越我不甚熟諳的昔日。我愛上了臺灣的山林，想一次又一次回到這裡。

我為過去那些遠離臺灣的年歲感到惋惜。這不是懷舊，若以太過狹隘的眼光來看會很危險，但其他詞語又難以解釋這種感受。德語中的「Sehnsucht」或許沾得上邊，這個字指的是「對遠方的渴望」，因為遙遠國度的人事物很不一樣；威爾斯語中的「Hiraeth」也很接近，意指「對不可歸之家園的鄉愁」；中文有個說法叫「鄉情」，意思是渴慕故鄉，只是這些字眼都不算百分之百貼切。我無法用言語精準描述自己的感受，於是便開始思考——也許，無論是什麼力量將外公、外婆和媽媽與這個地方相連，那都牢牢攫住了我；起初只是一條細線，然後慢慢纏繞，讓我和這座島之間產生羈絆。深切的愛戀取代了憂傷。遺憾，是不是本來就會化成企盼？

我想這種渴望非我獨有。我認識其他失了根、失去親人的人，返鄉有如鍛鍊世代相傳的肌肉記憶，撫慰了他們的心。遊走臺灣山林讓我找到一種安慰，一種永恆。

那些難以用文字形容的部分，我就轉化成自己理解的語言，以植物、歷史和風景敘寫。身為環境歷史學家，我具備許多溫帶植物的相關知識，很熟悉加拿大針葉林與歐洲石楠荒原。在那片伴我成長、濃密遼闊的加拿大樹林中，深秋豔紅如火，隆冬清寂靜謐，楓樹和松林隨著四季起舞，傳授花粉，日漸衰老，變成光禿禿的樹枝。

然而在臺灣，我的植物學專業不時失靈，就像不確定窗臺上冒出的是哪種蕨類一樣，許多樹木對我來說既陌生又新鮮。這座島擁有各式各樣的綠色生命，多到叫不出名字。

臺灣的山坡一片碧綠，深邃斑駁的色調讓我想起湖泊和幽暗的水草，而非陸地和樹林。茵綠的植被沿著地平線開展，大多時候都籠罩在低垂於天際與山坡交界的煙嵐中蒸騰，偶爾閃爍著點點晶亮。那種青翠與我所知的一切迴然不同。

臺灣的丘陵矗立在城市與山脈間，形成自然疆界。樟樹、榆樹、山黃麻、榕樹、砂糖椰子樹與蕨類植物蓬勃蔓生，多得數不清。碩人的野芋張著深裂葉片迎接豪雨，繁茂的八角金盤高舉掌狀枝葉伸向天空，島上漾著一層又一層色澤飽滿、由淺至深的綠。

臺灣有許多外來種和特有種。有些植物來自大陸，由鳥類及其他動物帶至島上，可能是經由空路傳播，或是於多年前海平面較低的時代，穿越臺灣海峽陸橋而來；有些源自東部島鏈，也就是日本，有些則從南方飄洋過海，於沿岸扎根。部分新種植物屬於臺灣獨有，其中有四分之一是在原生環境中獨立演化而成。各個物種努力適應當地的氣候、海拔與土壤——我在臺灣的植物中看見發展與蛻變。

我遇上一碰就捲曲的含羞草，瞥見在遠方搖曳的麻竹（*Dendrocalamus latyflorus*，拉丁語，意為「樹蘆葦」，別名甜竹）。旅程中，我藉由徒步行走，蹲下嗅聞氣味，以相機捕捉焦距來認識這些植物。

除此之外，我也在書頁中尋找指引。臺灣島的奇景在十九世紀英國地理學家筆下躍然紙上。植物之陌生，森林之濃密，他們對臺灣內陸地區的敘述挾著一絲恐懼，將這座島描繪成草木叢生、美麗又險惡的荒蕪之境；幽深的樹林同樣擁有類似高山的壯麗。英國皇家地理學會（Royal Geographic Society）會員、攝影師約翰・湯姆森（John Thomson）描寫柔美的山景與廣袤的森林錯綜交織，「寄生植物在林木間攀爬，如中國古帆船上的繩索混亂繁雜。」這些字句揉合了綺麗、畏懼、好奇心與異國情調，不時透著些許厭惡。雖然是英文書，但我很難在字裡行間找到共享的語言。

這些綠色生命伴著我母親成長。她把我不熟悉、手邊沒有參考資料的植物中文名稱告訴我，像是鳳凰木（又名火焰樹）、芭蕉（一種富含纖維、不建議食用的香蕉）等，這些都是外公教她的，她的童年充斥著樹木的名字。我嘴裡唸著這些植物名稱，於腦海中勾勒出它們的樣貌，在枝葉間發現一種渴望。我想紀念那些我不知道的事。

2

臺北是一座存在於我兒時想像中的城市，由媽媽對我說的輕言細語構築而成，空氣的成分是回憶，街道是用她的渴望鋪砌。在這裡，臺北只是一座山坡，山頂有間學校，山腳有座公寓大樓。一條堅實的泥土路穿過其間，畫出一道直線，推著推車的小吃攤販喧鬧忙碌，看起來和我年少時熟知的多倫多熱狗攤不可思議地像。沒有風，也沒有樹，亮著黃色燈光，唯一的氣味是媽媽離開臺灣後最懷念的臭豆腐味。

「臭豆腐聞起來真的像便便嗎？」沒聞過臭豆腐的我問她。

「才不會！聞起來很香。」她邊說邊替我蓋被子。

「那為什麼叫臭豆腐？」她笑著聳聳肩，彷彿那點回憶剛掠過嘴角似的。

媽媽還是學生的時候，每天放學都會在山坡上流連、買零食，不想回家。她很愛吃，我看過當年的黑白照片，年輕時的她臉頰比現在更圓潤，身材更豐滿。她會用一把硬幣買豆腐、蔥油餅和甘蔗汁，閒晃到太陽下山才回家。他們住的公寓是灰綠色的，看起來很陰暗，窗外裝有鐵欄杆，綠色盆栽隨處可見。空氣中懸浮著細微的塵埃。她放輕腳步偷偷溜進家門，以免惹上麻煩，可惜還是不夠安靜。外婆很氣她這麼晚才回來。更糟糕的是，她一點一點胖了。外婆揮舞著菜刀放聲飆罵，把媽媽趕進臥室，房門鎖了起來。

她陸續告訴我一些關於臺北的零碎片段，有時我會想，不知道她是不是只記得這些？一九六〇年的臺北有將近上百萬居民，但她為我重建出來的過去僅限於一小張照片，上面只有她、我的外公、外婆，和一個裝滿炸豆腐的油鍋。整座城市濃縮成一條滿是攤販的街道。

長大後，我踏上臺灣，那個純真的畫面就此粉碎。我看見一座從西部平原向外擴張的都市，日漸頹毀的鋼筋混凝土公寓形成密密麻麻的網絡，高聳的玻璃帷幕大樓林立其間；高架公路曲折盤旋，圈住朝馬路噴煙的機車。磁磚壁上爬滿青苔，磚頭砌成的窗臺長出蕨類植物，舊遮雨篷的接縫處開出花朵，向天空綻放；大自然的韌性與頑強在老舊建築間展露無遺。市中心位居河川縱橫的盆地，地勢低平，景觀一致，四周都是枝葉繁茂的坡地，看不到童年想像中那座孤獨荒涼的山坡。無論走到哪裡，都襯有環繞著河流盆地的翠綠丘陵為背景。

我穿梭在臺北的街道，尋找定位點，有時和媽媽一起，有時獨自一人。我拿著地圖，道路間狹小的空白處擠著中文和音譯字母。我想透過地標認識這座島，就像我母親從前那樣，只是她過去熟知的廣袤原野和稻田已化為城市的一部分，變成寬闊大道與知名的摩天樓。

有一次，我們看到一座古老的城門矗立在圓環中央，儘管那條路早已翻新，我母親仍立刻認出那個地方，可是再走一百公尺，她又迷路了。

我深受臺灣的山脊吸引。一踏入山林，時間的緊迫感就會淡去，原本日漸習慣的城市步調也會慢慢拉長、消融，流逝無蹤。在樹木與岩石走過的歲月前，這點細碎的時日無足輕重。一走上小徑，我就會停止查看手機，將注意力轉向腳下經歲月擠壓與眾人踩踏、緊密扎實的步道，看看那些不屈不撓、生長在風化岩石上的苔蘚。一旦越過林線，或登上露出地表的岩崗，我就會探察岩層，細讀山的故事。我從家族歷史的人類時序轉向植物與樹木學時間軸，探進地質年代那深不可測、遠超出我理解範圍的跨度。

漫遊臺灣山區這段日子多半在林蔭環繞中，有時我越過樹梢，會發現自己置身雲霧之中。這裡的林線位置高達海拔三千五百公尺，比我從小到大熟悉的歐洲群山整整多了一千公尺，以島嶼海平面到山脈的短距離來看，實在很不可思議。臺灣的地質形貌訴說著複雜的故事，陸地抬升，隨著時間日趨密實，熔岩流與珊瑚石灰岩露出海面。然而，我也看見受創的山坡地烙印著颱風和地震破壞的痕跡，伐木、採礦與種植單一作物更讓坡地變得滿目瘡痍，原本風化速度緩慢穩定的岩石迅速崩解，山崩在地表留下摻著砂礫的泥痕。山脈可能會在一夕之間坍方，堆疊出來的時間軸瞬間粉碎。

這一次，三十一歲的我隻身來臺，打算待三個月上中文課、寫作，最重要的是要去登山健行。十月，我在臺北東邊的行政區租了房子，那是座落在最後一條巷弄的最後一間公寓，再過去就是盤踞在城市南區邊緣的山巒。公寓本身很老舊，與我母親記憶中的家類似。鋼筋混凝土建築外貼著長滿黴菌的白色磁磚，窗外裝著鐵欄杆，每層陽臺都有突出的淺綠色塑膠遮雨篷，裡面一片漆黑；新建的玻璃帷幕大樓尚未擴張至這個路段。

從這裡，我能看見充滿活力的街燈閃爍，在柏油路上投下黃色的微光。一隻狗蜷縮在隔壁的寺廟外，於上方窗戶灑落的不等邊三角形光線中酣睡。牠遲早會認識我的。每天晚上，臭豆腐小販都會在街角的超商旁擺攤，整條巷子飄著臭豆腐的味道。

身邊處處都能瞥見城市的痕跡。散落在路旁的塑膠袋，廢棄的雨傘，磨平的輪胎，瘦長的高壓電塔，夜裡排隊停放的摩托車……但人類遺留下來的殘跡不僅如此：觸感像皮革的桂花和無花果葉，陰影中若隱若現、彷彿帶著花邊的相思樹與榕樹天際線，蟬躲在小巷盡頭的繁茂植栽中低聲鳴唱，歐洲蕨、青草和一小部分香蕉葉從柏油路邊探出頭來。

小巷再過去，平坦的綠逐漸爬升為丘陵。臺北東南郊綿延著四座低矮的山峰，象山就是其中之一。這四座山合稱為四獸山，踞於臺北盆地邊緣沉睡，林木蒼鬱，山頭如波浪起伏，而且海拔不高，坡度相對和緩，很容易就能攻頂。我想藉由它們優越的地理位置一覽平坦的臺北盆地，感受底下城市景觀的地質形貌。

這個地方非常年輕，至今仍充滿不確定性。地質學家與地震學家不斷探究臺灣島複雜費解的形成歷程，而凹陷的臺北盆地中心也成為眾人持續關注的焦點。二十世紀早期的研究推測，臺北盆地的成因為火山噴發導致地下岩層與土壤層塌陷；其他研究則指出此地過去可能是被火山噴發出來的物質堰塞成湖，湖水排乾後便形成現有的地貌；另有一說主張臺北盆地是斷層上盤（即斷層面上方的岩層）陷落造成的谷地。不過現在一般普遍認為，臺北盆地之所以存在，有部分原因來自山脈。造山運動導致岩石圈彎曲，地表隨著山脈抬升慢慢出現褶皺，陸地繼而傾斜下陷，類似海浪沖蝕形成小小的凹地那樣。

我在臺北盆地周圍的山區恣意漫步，發現那裡比街上更潮溼。登山步道前段是階梯，我像個孩子一次跨兩階，無心注意自己踩在老舊石梯上的步伐。這些石頭早已被風雨和登山者磨損得差不多了。走沒多久，我便開始剝去層層外衣。雨下個不停，步道旁冒出幾個小水窪，有如山友與森林間的小護城河。

抵達第一座平臺後，步道變得較為寬敞，我開始放慢腳步，悠閒地往前走。雨點打在岩石和地面上，再加上健行者的反覆踩踏，這裡釋放出泥土的芬芳，山間繚繞著大地的氣息。蚊子如花粉四散般自潮溼的草叢裡竄出來；芋葉寬得像攤開的報紙，張著盛滿雨水的嘴朝向天幕，綠色水塘在半空中懸晃。捲曲的淡綠色嫩葉筆直立於步道邊，彷彿在為我指引方向。

象山頂峰的懸崖邊矗立著巨石堆，許多人擠在這自拍。我對人多的地方不感興趣，繼續往前走。山勢逐漸下降，城市景致在我眼前開展。林立的建築構成米白色棋盤，黑暗的窗點綴其間，披著金屬藍玻璃帷幕、曾為全球最高建築的臺北一〇一昂然聳立，俯視群樓。

虎山座落在東方，登山步道口離我住的巷弄盡頭不遠。我在寧靜的日子裡爬上虎山，緊握著傘擋下樹蔭滴落的雨珠，無所事事地自在閒晃。家人稱之為家的城市就在我腳下。我看見灰色街道往外延伸，探入群山。城市擴張的速度比山脈移動的速度更快。

3

外公逝世十年後，外婆也離開了。我一直認為她的死不單是她生命的終結，更可能就此埋葬我母親的家族過往。國共內戰結束後，許多親戚流離失散，不是失聯就是死亡。身為母方家系僅存的血脈，我母親成了唯一一個傳承家族故事的人。

外婆的遺物猶如突出海面的礁岩，高高地堆在桌上，有些則塞在衣櫥和角落，或是放在椅子上積灰塵。外公死後幾年，她搬到我母親住處附近的公寓，把自己關在家裡，不准任何人進屋幫忙，也不讓我們照顧她。她離世後，我母親才發現屋裡散落一大堆紙張，有帳單、信箋、文件和報紙，置物架上擺著陳年的食物、缺裂的盤子和藥罐。外婆生前經常懷疑我們或別人手腳不乾淨，獨自在這些泛黃的物品中構築出一個家，紀念逝去的一輩子。

媽媽向公司請了一週的假來整理外婆留下的東西。她仔細檢查報紙、帳單和字跡潦草的紙條，找尋外婆的遺囑、退休金相關資訊、銀行帳戶和外公的死亡證明，但最後一樣始終沒找到。

她把沾染濃濃樟腦味的舊衣服打包好，替她打算留給我和姊姊的傳家寶拍照，花了好幾個小時刷洗骯髒的公寓角落，因為外婆生前近乎失明，無法維持環境整潔。遠在海外的我不時收到媽媽傳來的照片和訊息，問我想不想要太陽眼鏡或彩繪花瓶之類的舊物。由於沒有其他親戚可以詢問、寄送這些物品，她最後決定，我和姊姊不要的東西全捐給救世軍。

我母親在凌亂的雜物堆中找到兩樣東西。一個是外公數十年前就封緘起來的薄信封，她從上頭的標示看得出來，外公死後把這封信留給她，要她好好保管。

另一個是電話費帳單，上面除了一串陌生的國際電話號碼外，感覺沒什麼大問題。外婆究竟跟誰聯絡？三週後，媽媽打電話告訴我，她撥了其中一個號碼，話筒那端是我們以為早已永遠失散的親人。

外公去世後，我和媽媽展開第一趟臺灣之旅。我們坐上有褶飾窗簾的長途客運，沿著海岸公路往南行。位於臺灣南端的恆春半島內陸遍布乾涸的多孔珊瑚礁，易碎的岩屑與山上的土壤雜揉在一起。南側的坡地地勢最低，懶洋洋地朝海洋舒展，讓人有種閒適安逸的感覺。

適逢淡季，海濱度假小鎮周圍只有幾輛車悠哉行進。我們在墾丁下車，來到空蕩的海灘。下午三點，整片沙灘似乎只有我們，沒有別人。

十二月的風自北方襲來。每年冬天，落山風（字面上的意思是「從山上落下的風」）都會沿著中央山脈終止的谷坡奔騰而下，掠過臺灣南部。來自山上的疾風陣陣呼嘯，在杳無人煙的空屋間穿梭來去，颳過灰濛濛的沙灘。媽媽在強風與浪花間站穩腳步，仔細尋寶。

大海不只埋藏了過去曾屬於天空的東西。這個地方烙著堆積與發展的印記；珊瑚在波浪底下日漸生長，跳起鈣化之舞。最後，海洋中的石灰岩殘餘物抬升、露出水面，受光照和溫度影響而變乾，與山脈隆升剝蝕下來、帶著褶皺的沉積物結合在一起。不過這些運動進程極為緩慢，而且是在看不見的地方進行。這片沙灘到了冬天就變得無精打采，我們腳下的海岸線看起來不像會發生如此劇烈變化的地方。

媽媽六十多歲，像個孩子般從容越過沙灘，蹲下來全神貫注地淘沙。每隔一段時間，她就會站起身，手上拿著微光閃爍的紫色獎賞，鼓鼓的口袋裡裝滿形狀不規則的海洋遺緒，其中大多是一生於潮汐間受海水打磨的軟珊瑚，另外還有水洗後光滑圓潤的海玻璃、受沖蝕的石頭，偶爾也會出現燦爛晶亮的瑪瑙貝殼或紡錘形旋螺。她整個下午都在撿拾、欣賞這些寶物，最後將成堆的石頭和貝殼送回浪濤的懷抱，只留下一個硬幣大小的紫色蚌殼。

媽媽來過墾丁很多次，此次再訪讓她得以盡情沉湎於回憶。一九六〇年代，她常和外公、外婆到這裡度假，當年的白砂灣似乎更比現在更僻靜，潔白的月牙形沙地逐漸遠去，消失在南海。那天媽媽在墾丁，就像她十歲時那樣，專心翻找潮痕上的小玩意。

我望著她有如尋覓蛤蜊的磯鷸，輕快踏過湧向岸邊的碎浪，在她身上看見關於過去的痕跡。儘管滄海桑田、世事多變，我母親依舊熟悉臺灣的地理形貌，輕易融入這個她視為自身歸屬的地方。我小時候從未見過她這樣。她在加拿大生活了四十年，始終沒有與那片土地產生緊密的連結，而且動不動就迷路。尖峰時刻上下班通勤，她都固定走同一條路線。然而在沙灘上，我意識到她一直把這座島放在心底，汲取著什麼，像皮膚下的細胞吸收水分而膨脹。她沿著海岸留下足跡，再次把這個地方刻進骨子裡。

發現外公的信幾天後，我接到媽媽打來的電話。她拆開信封，裡面有二十張薄薄的活頁紙，上面寫著潦草的中文。那是外公的筆跡，墨水因歲月磨耗而褪色。一封來自外公的信，從未寄出，也沒有日期。十年不見父親字跡的她帶著猶豫，開始讀信。

信紙上承載著他親筆寫下的一生，內容不斷重複，繞著他的人生故事打轉；這些內容溯及他在中國的歲月，而外公當年是個在五四運動騷亂中出生的孩子。五四運動的背景為抗議巴黎和會與《凡爾賽條約》錯待中國的決議，群眾不滿中國外交代表團失職，將中國領土和權益拱手讓給日本。外公在這些示威遊行激起的文化、思想與政治變動中成長；與此同時，中國共產黨正式成立。信中花了許多篇幅刻畫他於第二次中日戰爭期間身為飛虎隊飛行員的日子；後來外公移居臺灣，擔任中華民國空軍飛行教官。全信至此戛然而止，寫到一半的字句懸在那裡。也許外公寫信是為了提醒自己，記住自己是誰。他的敘述只是許多零碎片段無限迴圈，將未曾對人提起的生活化為壓在紙上的文字，也許寫下後不久，他就忘了這些過往。

那個時候，他的記憶已受到疾病的磨耗而流逝。

媽媽寄給我一份信件影本，上面除了翻譯和註解外，還透露出只有像她這樣與外公親近的人才清楚的事：她不僅知道他提及的朋友、政治人物與將軍的名字，也知道他在哪些地方錯置回憶，將時序相差數十年的人名或地名混淆在一起。

我拿著那疊信件，手中的紙頁散發出一種令人窒息的悲傷，讓我鼻酸難忍，幾乎無力抓握。這些信讓我的心又碎了一次，因為我看不懂，也不曉得該怎麼讀。外公的字跡很潦草，遠超出我的解讀能力。他是從右邊開始，自上而下書寫嗎？我看過他有時是從左邊落筆。這封信是什麼時候寫的？為什麼要寫？又為什麼一直瞞著我們？

關於我對外公的記憶，最早可追溯至一張照片。那是我的兩歲生日，照片裡的我俯身靠近生日蛋糕上的蠟燭，蛋糕是火車造型，外層裹著巧克力糖霜，車輪是鳳梨做的。外公身穿白色開襟毛衣和紅色POLO衫，坐在後面的野餐椅上，鏡頭只拍到他的半身。滿頭銀髮的他笑眯眯的，皮膚被夏日陽光曬得黝黑。這只是一小部分的他。我緊握著這樣的印象，那時外公還很健康。

我覺得阿茲海默症就像鬼魂糾纏不休，不僅控制了我們所愛的人，還逐步帶走他們，吞噬他們的記憶、生命與人格特質。隨著病情發展，沉積於腦部的蛋白質會在神經細胞周圍形成斑塊，輸送養分的結構崩潰，腦組織也開始萎縮，導致患者先後喪失短期與長期記憶。我們最初認識的那個人彷彿慢慢走出照片，逐漸褪去。

外公奮力抵抗病魔，從前的他一點一點緩緩消逝。我熟悉的他是個滿臉笑容、安靜溫和的人，會自己包餃子、做義大利麵，穿著粗跟鞋在節慶派對上和我一起跳舞。這封信讓我看見過去從未認識的外公——他留在臺灣的一切，未曾與人分享的片段，於中國遺落、佚失的事物，凡此種種都屬於那些地方，屬於當時那個完整、未受疾病啃嚙的他。

我請媽媽寫出家人的名字。她在一張小紙片上寫下：

第一個是外公，曹崇勤，「崇」有個山字頭，屬於山部。外婆叫楊桂林，姓名三字都有「木」。第三個是我的中文名字，姓氏「李」（指李樹、李子）的字根為「木」，位於結構上半部，「潔珂」的寓意則是「以水潔淨的美石」。

4

一個地方的故事——無論是遠古、現存還是被遺忘的時日——都可以在地圖上找到，從其所描繪與省略的事物中窺知一二。十六世紀前，中國人認為臺灣是遠在帝國疆域外的荒蕪之地，再加上這座島位於海象凶險、俗稱「黑水溝」的臺灣海峽對岸，時人對其所知甚少。

據傳，一五四二年，葡萄牙人於航向日本途中經過這座未知的島嶼，並稱其為「福爾摩沙島」（美麗之島）。接下來幾年，外來者著手繪製島嶼地圖，正式展開殖民。

臺灣古地圖反映出這段動盪的年代與歷史發展。十六世紀的西班牙地圖就如一五九七年埃爾南多・德・洛斯・里歐斯（Hernando de los Ríos）繪製的地圖，將該島認定為菲律賓群島的一部分，打算將其納為殖民地。這張地圖並未如實呈現出臺灣的輪廓，只是粗略畫了一個長方形，以誇張的線條勾勒北部海灣，強調此地對西班牙軍事和商貿進口的重要性。十七世紀的荷蘭地圖則詳細測繪臺灣西側的漁翁島（Pescadores，即今日的澎湖群島）及中部港口海岸線。

此外，有張一七〇〇年的清朝地圖是從觀圖者（即離開中國前往臺灣的移民）的角度出發，以傾斜視角與水平比例來描繪臺灣，就像從海上眺望該島，遠方的青翠山麓與東部高峰在藍色薄霧下若隱若現。這段時期的地圖多帶有中國傳統山水畫風，山脊形成地平線，河川如動脈流向大海，圖上依舊未見巒峰另一邊的世界。十八世紀的法國地圖清楚點出臺灣地景是地圖測繪過程中的一大難題。圖上清楚可見當時由西班牙、荷蘭與中國殖民的西部平原，但陡峭的東海岸和群山仍難以探察。法國製圖師雅克．尼可拉．貝林（Jacques Nicolas Bellin）在一七六三年製作的地圖上寫道：「這片海岸的情況鮮為人知。」這些殖民地書寫有個共同的特徵，即當時的地圖只涵蓋特定區域，無法越過臺灣的脊梁山脈。

那個時代的人對原住民不甚了解，往往妄加臆度，以負面眼光看待他們。原住民定居臺灣的時間長達近五千年，隨著外國勢力到來，許多人不是被同化，就是被迫退入險峻的山區。這些地圖略去山脈和東部海岸，不僅勾勒出島上的地形，更描繪出早期原住民身處文明之外的景象。

除了上述的古地圖外，這類關於過往臺灣的狹隘視野如今大多存於前人的旅遊紀事。我曾花了幾週的時間潛心閱讀臺裔美籍學者鄧津華（Emma Jinhua Teng）撰寫的《臺灣的想像地理》（*Taiwan's Imagined Geography*），於這部視覺文化史中探索那條被沖蝕的海岸線。儘管十七世紀初以來就有少數漢人在臺灣捕魚，進行貿易，但一直要到十七世紀中葉，臺灣才劃入中國的邊疆地帶，成為列強競相爭奪的島嶼。荷蘭東印度公司占領臺灣期間曾努力馴服這片土地，也鎮壓原住民；一六六一至一六六二年間，仍奉明朝為正朔的孤臣遺民自中國大陸進兵、圍攻臺灣，成功奪取荷蘭東印度公司的政權。接下來數十年，愈來愈多漢人從中國南部沿海地區來臺拓墾，多數人在農地安家落戶。沒多久，清軍以武力攻臺；一六八三年，臺灣正式納入清朝版圖。

當時我飛快掃視圖書館員遞給我的一堆精裝書，這本書立刻吸引了我的注意，大概是因為書名聽起來像「想像中的地理」。臺灣和它的過去長久以來一直活在我臆想出來的世界。以這本書談論的時期來計算，我的家人是在幾百年後才來到臺灣，但我們和臺灣島的身分認同，以及我們與中國之間的關係依舊複雜難解。歷史就像一面明鏡，鄧津華的書主要聚焦在特定時期的地圖和圖像，當時的臺灣從中國海外那片瘴氣瀰漫的荒野變成重要的帝國領土，島上豐沛的自然資源可說是促成這個轉變的主因。那是中國人首度聲稱自己擁有臺灣主權。

當然，正如鄧津華所提到的，當前「一個中國」這種論述之成功，「由臺灣為『化外之地』的前清信念已從華人集體記憶中消失，便可得見。」[1]

我從鄧津華的作品轉向郁永河的遊記。一六九六年，清朝官方火藥庫爆炸，因而對硫磺的需求量大增，必須前往礦藏豐富的臺灣北部火山區採硫。根據郁永河在《裨海紀遊》中的記載，他從位於中國南部沿海地區的廈門出發，抵達當時大清帝國的新港埠，也就是今日的臺南，隨後自臺南沿著海岸線北上，尋找自然資源，涉水穿過從群峰流入臺灣海峽的寬闊大河，記錄島上的生態景觀與山川風物，更寫下殖民宗主國「征服」原住民的過程，鉅細靡遺的描述讀來令人不安。

郁永河將詩句和敘事散文結合在一起，一下提到在漆黑的夜裡用槳擊打海面，濺起的水花中閃爍著點點晶亮，如流彩明珠般燦爛[2]（我邊讀邊想，應該是夜光藻吧），一下談及中國人在臺南擊敗荷蘭殖民者的故事。大清雖因現實需要勉強將臺灣併入帝國版圖，卻仍將其視為老遠相隔於外海的荒僻之地。

當今地圖上的臺灣依舊帶著神祕色彩。這個國家有時會披上灰濛的面紗，就像許多有爭議的地方一樣，至今地位未明，許多人都不承認它的存在。然而，臺灣是真真切切立存於世的島嶼。舉凡等高線圖、地震危害度圖、地質調查、鳥類遷徙、森林分布與植群圖等實測圖，都可見其實質性躍然紙上。

臺灣的斷層線如交錯的裂紋遍布大地。從相關資訊圖上可以看到地質災害列表與密密麻麻的臺灣自然災害統計數據，至於地震圖看起來就像美國抽象表現主義大師波洛克（**Jackson Pollock**）的畫作，只是飛濺的線條更密，壓倒一切。我在加拿大東部長大，當地最大的威

1 譯註：鄧津華著，楊雅婷譯，《臺灣的想像地理：中國殖民旅遊書寫與圖像（1683-1895）》（*Taiwan's Imagined Geography: Chinese Colonial Travel Writing and Pictures, 1683-1895*），英文原版為哈佛大學亞洲中心（Havard University Asia Center）於二〇〇四年刊印，繁中版由國立臺灣大學出版中心於二〇一八年出版。

2 譯註：《裨海紀遊》原文節錄如下：「少間，黑雲四布，星光盡掩。憶余友言君右陶言：『海上夜黑不見一物，則擊水以視』。一擊而水光飛濺，如明珠十斛，傾撒水面，晶光熒熒，良久始滅，亦奇觀矣！」

脅多半是暴風雪，自然環境動盪無常的臺灣對我來說有種詭譎可怕的魅力。颱風掀起的滔天巨浪，地底下傳來的隆隆聲，我母親的童年生活不時被地震和暴雨打斷。她很愛把「臺灣每天都有地震」這句話掛在嘴邊，而且多年來不斷重申，好像那是什麼真言一樣。我以為她只是誇大其辭，然而事實上，根據氣象局研究，臺灣每年發生一萬五千多起地震，其中有感地震將近一千次。我在臺灣時還裝了一個手機應用程式，追蹤規模超過一．〇的地震。島上危機四伏：地震、山崩、海岸侵蝕、地層下陷、火山爆發，這些都是我無法體會的環境壓力。

在臺灣，地牛翻身或颱風侵襲往往會釀成走山。人類濫伐森林取得木材，或掘鑿山脈開採砂石之處，坡體很容易滑動坍方。不過，有些地區終能透過林木的力量緩解這些傷害。森林的根系結構有助重新修補、連結山脈。大地和森林兩者存亡與共，相伴而生，適當的土壤和海拔高度為樹木成長所需，而盤踞交織的樹根能牢牢抓住土地。

臺灣遠看就像一顆南端狹長，有點歪斜的番薯。標準數位地圖顯示出的島嶼地貌看似平緩，形成島冠的群峰與西部平原間只有細微差異，可是加入「地形」選項後，虛擬地形圖立刻跳出一條岩帶，對比愈加鮮明。若切換成衛星影像，可以看到島上的深綠色巒峰和山麓緊貼著西部的淺色農田與道路邊線。臺灣這麼小，卻有這麼多荒野和高山；全島有四分之三是坡地，森林覆蓋率將近百分之六十。

北回歸線橫貫臺灣嘉義和群山，穿過島嶼中點。這是一條地上看不見，但棲居於此的生靈都知道的邊界。北方潮溼的霧氣慢慢蒸發，變成南方灼熱的陽光。整座島的溼度都很高，只是南部更熱，乾燥焦涸的泥岩綿延不絕，崩裂成如尖牙般嶙峋的地貌。海島的天氣就像高山一樣變幻無常。

那年我和媽媽踏上臺灣，那是外公離世後我們第一次回來。我們沿著島嶼南端旅行，循著珊瑚礁岩遍布的路線蜿蜒上山；在那裡，可以看見臺灣尖端探觸海洋。周遭的森林鬱鬱蔥蔥，離岸邊的鹽鹼地不遠，溼氣很重。放眼望去，到處都是光澤閃耀的綠葉及懸垂而下的氣根，枝幹間掛滿懶洋洋的藤本植物，感覺和我熟悉的森林大不相同。有時我們會看到空地上矗立著一棵銀葉樹，這種樹屬於紅樹林植物，板根如蒼白的蝠翼支撐著樹身，奇異怪誕的形狀就像遊樂園裡的哈哈鏡，反映出其英文名稱（looking-glass tree，鏡子樹）的含義。銀葉樹彷彿來自顛倒錯置的幻境，樹根暴露在空氣中與地面垂直，沿著樹幹向上突起，高度和一個兒童的身高差不多，讓人意識到土壤之下，其他樹底，靜踞著一座遼闊的世界。

對外公的思念於無花果樹林中飄懸，迴盪在我們之間。我知道，每次來到南境，媽媽都會想著外公。骨灰就存放在不遠處的高雄。沒有什麼話語能撫慰他離去所帶來的哀慟。媽媽說，她常夢見外公的魂魄在臥室天花板附近盤旋。我沒告訴她我也夢到外公，在我夢裡，他總是待在昏暗的房間，雙手放在膝上，靜靜坐在單人床尾。我只是不時緊握她的手，希望掌心的脈搏能傳達出我們共感的悲傷。

中國神話中有個主題叫「天梯」，其形象會因故事情節和講述者不同而有所改變，有時是山嶽，有時是繩索或彩虹，偶爾還會以蜘蛛網的面目出現。在我最喜歡的傳說裡，天梯是一棵高聳入雲的巨木，也是連接天地的橋梁。不曉得在這樣的神木樹冠上能看到什麼？這棵樹跨越了死亡與不朽、世俗與神聖之間的藩籬。攀爬天梯象徵著不畏艱險，虔誠敬神。我想起媽媽做的夢。不知道外公對天空和高度的了解有多深？畢竟他是飛行員，完全不需要這樣的神梯。

一陣歌聲穿過樹林，悅耳的顫音在沙沙作響的榕樹葉上蕩漾。我抬起頭，瞥見了一小群戴著白面具、留著黑鬍鬚的鳥在林間輕快飛翔。鳥兒翅膀在午後的陽光下閃閃發亮，腹部隨斷奏震顫起伏，不停飆著高音鳴唱。我走到樹下站定，看著牠們。那是烏頭翁，臺灣南部常見的本土特有種。其他地區由於城市、建物和大陸外來種入侵，迫使烏頭翁離開棲地，數量日漸減少，如今東北部已經完全看不到了，只有恆春半島和東部沿海山區才能親睹牠們的身影。在這裡，牠們活力充沛地成群來去，無視威脅咯咯輕笑，於啁啾鳥囀中盡情享受歡樂時光。

我們往山上走了一小段路，沿途的空氣瀰漫著碎葉和雨水的味道。覆著塵埃的珊瑚石灰岩峰聞起來像乾巴巴的粉筆，混雜著榕樹氣根的木質香。鬚狀氣根悄悄爬上礁石，蜿蜒探進岩縫和陰影處；林木在露出地表、布滿裂隙的礁岩上生長，纖弱的樹身搖搖欲墜。榕樹根能分泌出一種酸性物質來腐蝕珊瑚，像特技表演一樣深植於岩壁。植群中懸垂著顏色灰綠、如皮革般粗韌的擬茀蕨，緊巴著樹木的附生植物點綴其間。沿著小路走，可以看到鐵線蕨伸出優美的掌葉。這片森林是從海中隆升的陸地，因此地面凹凸不平，地勢落差極大，時而陡升至峭壁，時而陷落成溝壑，潮溼的土壤底下還有岩洞。鐘乳石在幽深的岩窟中滴滴答答，洞穴內積著冬季暴風陰雨形成的水塘，我們只能自上方俯視，努力看進黑暗裡。

我們爬上山坡，經過樹林，看見幾隻毛茸茸的棕色獼猴蹲踞在枝幹上，帶著警戒的眼神靜靜守衛家園。森林的噪響中夾雜著昆蟲的嗡嗡聲，我只有集中注意力，睜大雙眼、豎起耳朵，才能在青翠蓊鬱的植群間發現這些小傢伙。我先聽見熊蜂（bumble bee，源自拉丁語**Bombus**）的嗡鳴，然後才看見本尊，牠的身軀在嬌嫩的紫羅蘭花襯托下顯得格外龐大。我一邊聽，一邊看著那隻熊蜂笨拙地從這朵花飛到另一朵花。激情的蟬鳴逐漸淡出，消失在背景裡。

平穩的坡道盡頭有條岩縫，名為「一線天」。由於地殼變動的緣故導致臺地斷裂，形成一條只能容納一人穿過的珊瑚礁岩窄道，於峽溝中抬頭仰望，可以窺見一線明亮的藍天。這個地方乍看宛如通往另一個世界的走廊，彼端不只是山的另一邊，更是自然、本質與永恆之所在。峽谷兩側的岩壁往下扎進土石塵世，往上探入九天雲霄。我仰起頭，凝望世界壯闊的穹頂，一手貼著磨蝕粗糙的谷壁，另一手牽著媽媽，穿過那條細狹的通道。

十八世紀末、十九世紀初，歐洲各地紛紛成立地理學會、植物園與科學團體，激起一股向外探索的熱潮，殖民主義並行而至，而東亞則要再用數十年的工夫才迎頭趕上。這類探索某種程度上變成一種交流過程。十九世紀後半葉，中國和日本向西方科學家敞開大門，有些旅人將蒐集到的樣本帶回歐洲，或是加以收藏，或是送到植物園；有些直接與當地的測量師合作，以了解廣袤的亞洲大陸。短短幾年，中日兩國的製圖學、地質學、植物學、動物學等領域相繼興起，學術發展蓬勃，許多科學家前往基尤（**Kew**）、柏林、巴黎和愛丁堡探悉、研究那些遠在家鄉之外的國度及科學藏品。

一八六〇年代，英國科學家也踏足臺灣，將這座島嶼帶入西方文化的想像視野；與此同時，數百年來負責勘察地方風土、編纂方志的中國官員則多以中國傳統地圖風格描繪臺灣圖像。然而，隨著政府要求人員採用以數學為基礎的西方製圖技術，科學交流開始有了明確的目的，為政治及文化服務。測繪地圖是殖民統治者用來記錄領土、進行編目的工具。十九世紀末的清治時期與後來的日治時期，都將臺灣的險峻山區視為調查重點。

同一時期，島嶼成了生物學領域理想的研究主體。長久以來，「島」一直是詩人和作家醉心的題材，也是神話的泉源，而它們對科學發展的影響同樣深遠。例如達爾文（Charles Darwin）的繆思加拉巴哥群島（Galapagos）、深受植物學家喜愛的馬達加斯加（Madagascar）等，都是一般在談及此話題時會迅速閃過大家腦海的知名島嶼；無論今昔，它們都有奇特迷人的魅力。

島嶼形成的途徑很多。有的是依附在大陸上的陸塊，後來才被水域包圍；有的是受海底火山或地殼運動影響，從海中抬升；或是泥沙、珊瑚或冰川遺留下來的物質不斷堆積而成。除此之外，還有所謂的「垃圾島」（雖然垃圾渦流的密度不如陸地），這些看不見的島域漂進了我們對海洋等水域的集體夢境——海藻、塑膠，混雜在一起。有些島嶼則是當代建造出來的產物，像是南海的爭議島礁，以及那些座落在中國沿海、面向臺灣的軍事基地等都是人工島。

島嶼對科學的貢獻就跟它們的海岸線一樣無法估量。特有種（指經過隔離演化而適應當地環境，分布範圍局限於某一特定地區的物種）是島嶼的共同特徵，因此許多島域對全球生物多樣性的貢獻和其陸塊面積不成比例。試想「島」這個字吧：孤山上的鳥。島上的生命離大陸非常遙遠。事實上，「isolation」（隔絕、孤立）一字就源自拉丁語中的「insula」（島）。

以臺灣而言，島上共有四千多種維管束植物，其中有一千多種是特有種。哺乳動物中有超過百分之六十的物種為當地獨有，其他地方都看不到，比如深居於玉山山脈的臺灣黑熊、大搖大擺橫行南部的臺灣獼猴等。至於兩棲類有將近百分之五十為特有種，鳥類則是百分之二十，烏頭翁就是一例。其中山區的特有種比例特別高。雖然隨著海拔上升，各物種的數量會因溫度下降、空氣漸趨稀薄而減少，特異性卻會增加。藍腹鷴和鳴聲尖細的火冠戴菊鳥活躍於中海拔地區；長壽的臺灣檜木於緩坡上屹立不搖；山當歸點綴著空氣稀薄的高原，生命萬有就是這樣在天地間找到自己的定位。

森林調查基本上是設立環狀、帶狀等樣區來追蹤各海拔地域的山林樣態，涵蓋的範圍極廣。橡樹和月桂樹在較低的山坡上扎根；扁柏在潮溼的中海拔地區慢悠悠地生長；鐵杉和臺灣特有的冷杉凌駕於山巔之上，一路蔓延到最高峰，探入白雪覆蓋灌木之地。氣候變遷和全球暖化致使許多物種幾乎別無選擇，只能往高海拔遷徙。林線不知不覺變得愈來愈高，嗜寒物種的生活環境也逐漸縮小。這些物種在群峰環繞下過著孤獨的生活。就這樣，山岳成了自己的島嶼。

外公的信躺在爬滿摺痕的泛黃信封裡，摸起來的感覺薄得令人訝異。我拿出信紙，舉起來對著燈光，光線從後方穿透紙背，一排排互相平行的手寫字體溢著微光，在直線信紙上形成一片風景。這些是外公留下的全部，二十張不算多。我伸出指尖探向薄脆的紙張，小心翼翼輕撫上頭的字跡，筆墨留下的印痕深深刻進紙張。

我認得其中幾個字，像是「大」（一個人張開雙臂的樣子）、「媽」（意為母親，從女，馬聲），還有「口」（意為嘴巴）。那些潦草的手寫字就像映在紙上、奇形怪狀的影子，我不得不瞇起眼睛一次一字細讀，受困在自己看不懂的語文裡。我的目光停留在兩個字上：哥哥，也就是「兄」，一個口加一個人，「哥」字上下都有「丁」（「釘」的古字），像錨一樣疊加在一起。哥哥。外公是兄長，這封信是寫給他妹妹的。

我常聽媽媽說外公以前都跟在他母親身邊學做菜，卻從來沒聽過他提起他的家人。對當時還小的我來說，外公的愛很明確、很完滿。他總是親切慈愛地用手捧著我的臉，讓我用麥當勞的咖啡攪拌勺幫他餵寵物龜「小烏龜」。後來他的病情惡化到難以控制，便把那隻大小和湯匙差不多的紅耳龜送給我。我把牠養在房間，每次看到牠都會想起外公對我的愛。如今距離外公帶牠回家已過了將近三十年，小烏龜還很健康，一天一天成長。

「哥哥」這個詞揭露出一段人生故事，讓我有機會了解身為男孩、身為男人的外公曾經是什麼模樣，一窺那個我過去從來不認識的他。

我請人翻譯外公的信，逐行逐句對照他寫下的中文和用電腦打出來的英譯文，花了好幾天慢慢爬梳、挖掘字裡行間的意義和脈絡。我像劃定調查樣區般逐段、逐頁細讀，搜尋紙上的字詞。外公的文句間夾雜著媽媽後來添加的註解，我把注意力轉向那些她素未謀面卻仍然記得名字的親戚，還有她從前在學校讀到、記得的重大歷史事件日期。不過其中還是有些陌生的地名和地理資訊，成了我們心中難解的謎團。這些地方只存在於外公的兒時記憶，存在於那個現今早已不存在的中國。

信件內容支離破碎，而且不斷重複，不像地質學家探察地底發現的岩層紀錄，外公的敘事沒有年表可循。往事似乎剝離了背景脈絡，不僅順序不連貫，段落也混亂錯置，唯有拆解成片段重新排序才說得通。我在封閉又長滿荊棘的記憶小徑上遊走，同時按照時序，找出橫跨數月甚至數十年的空白。外公用一模一樣的話語反覆敘述某些故事，就像飛行員於空中盤旋，準備著陸一樣。我在地圖上標出日期和地點。他幼時成長的村莊如今被直線蔓延的都市湮沒，成了住宅林立的街區，成了他不得不接受的事實。我在他的字跡間深入那片人事已非的土地，探尋底層的面貌。

木

紅色與褐色交織成大地。她從飛機舷窗往外看，靜靜望著那片幾何形狀的地域變成收割後的田野，植被的輪廓漸趨清晰，糖楓、紅橡樹和松樹矗立在腳下。郊區朝四面八方蔓延，一條曲折的水泥路脈貫穿其間，上頭綴著許多車輛。放眼望去，除了平原還是平原。飛機起落架猛地觸及跑道。光禿的地面，低矮的建築，周遭的世界全都蒙上一層灰霾，空氣中飄著塵埃的味道。

這是我想像中的畫面。一九七四年十月十三日，感恩節假期那個禮拜天，我的母親飛抵加拿大。外公比她早幾個月先來了，正等著接機。

她向我描述從機場回家那段路上的一切，眼前那片遼闊無邊無際，讓她難以置信。移民這件事完全不在她的計畫裡。她才剛滿二十歲，進入臺北的大學攻讀行政相關科系，不想離開臺灣。她的朋友、她的生活、她的青春都在那裡。當時臺北有兩百萬居民，尼加拉瀑布不到七萬。

相反的，外公去過許多類似加拿大郊區這樣的地方，因此比較能適應這片新的土地。他曾到亞利桑那和科羅拉多州接受飛行訓練，也在紐約和加州工作過一段時間，很熟悉北美洲這種向外擴張、單調一致的環境，這是群山擁簇的臺北盆地看不見的景色。但我腦海中的畫面始終無法抹滅：一座沒有盡頭的寒冷國度在他們腳下悄然升起；在我想像中的記憶，他們倆同樣渴念臺灣及島上山林的溫暖。

外公出生在北京郊外的農村，於凜冬時節來到這個世界。如今地圖上只顯示出一畦畦完美的長方形田野，還有一座建築林立、街區方正的城鎮，他在信中提到那片空曠的家園已不復見。然而，我已經用他的文字和媽媽轉述的故事構築出老宅圍牆和往日場景，跟這個陌生家庭一同起居。家族祖墳就在附近，我猜大概無人打理。春日將至，誰會去掃墓呢？

一九一九年，土羊年。第一次世界大戰剛畫下句點，列強於巴黎會晤談判，簽訂《凡爾賽條約》。外公住在河北省一座小四合院裡，家中姊妹眾多，身為長男的他有個小名叫三妮（San-ni），意為「排行老三的溫柔女孩」，彷彿取個女性化的名字能讓人生更輕鬆、更順遂。

外頭的世界騷動不安。《凡爾賽條約》的餘波盪漾，五四運動如火如荼展開。學生掀起一波示威浪潮，鼓吹新文化，企圖終結影響中國數世紀的儒家思想，擺脫舊禮教的束縛。國民黨、共產黨和軍閥時而攜手結盟，時而互相切割，就像跳舞一樣搖擺不定，在剷除異己、分裂叛變的步伐中譜出激烈衝擊的節奏。對當年還是小男孩的外公來說，那個時代混沌模糊，他只記得自己的小日子被打亂：逃離衝突，大老遠跑到名喚竹斜街、松木巷、小四眼井等北京胡同，待在屋裡足不出戶。一九二六年三月十八日，北洋軍閥執政府衛隊朝抗議群眾開槍，造成四十七人死亡，是為三一八慘案。懵懵懂懂的他親眼目睹這段殘暴的插曲，看著眾多軍閥和將軍行經城鎮，直到後來才知道他們的名字。

家，是外公尋得一點穩定和安慰的地方。他每個午後都會躺在爺爺的肚子上聽他講故事，晚上和奶奶一起睡。打從五歲起，他每天都會進廚房當母親的二廚，一邊學做菜。我細數自己記得的菜色，想像曾祖母把這些手藝全教給外公，關於她的回憶就這樣化成一道道美食傳承下來。他們母子倆一起揉出鬆軟的饅頭，放進小廚房的竹蒸籠；一起包豬肉餃子，炙烤裹滿香料的新疆羊肉。在那段兒時歲月裡，他的母親把中國各菜系傳授給他，教他烹出豐盛的滿漢全席。一九二九年，她死於心臟衰竭。那年外公十歲。

「之後整個家好像就散了，」他在信中寫道，「在我的記憶裡，彷彿就我一個人孤零零地待在舊村，住在老家。」

我在腦海中描繪出當年那個安靜寡言的男孩，他與家的羈絆隨著蒸氣飄散，消逝無蹤。

遠在半個地球外的另一個國度，我看著外公用七十年前從母親那學來的技巧包餃子。他的手指靈活，動作溫柔，盤子上每顆餃子都好完美。他小心翼翼地塑形，把包好的餃子擺放整齊——也許，是想給一個親切、熟悉的亡靈檢查一下。

山

名詞｜山岳；山丘

山脈是在相互拉鋸的力量中形成。
即便被迫自地表向上隆起，
也免不了受侵蝕而風化。

5

清晨五點，周遭的世界染著一層淡淡的藍色霧靄，陽光尚未攀上山巒。我拖著腳步離開被窩，踏上旁邊的地板。其他人還在酣睡，鼻息聲此起彼落。我穿上靴子，拉上羊毛外套拉鍊，踮起橡膠鞋尖輕手輕腳走向門口。門閂上沾滿露水；我關上身後的門，手不小心滑了一下。

山壑雲霧繚繞，青藍的天光以正確的角度灑落，萬物閃爍著點點微光。狹長的深谷仍被陰影籠罩，難以親睹，但過沒多久，群峰的輪廓就渲著光暈，太陽自東方山坡悄悄升起。我站在露臺上覺得有點冷，但想到等等就有熱呼呼的粥、菜脯蛋和咖啡當早餐，心就暖了起來。

我參加了一個登山健行團。十個渴望逃離城市的陌生男女聚在一起，有人嚮往高海拔地區的稀薄空氣，有人意在攻頂，想把這座山峰寫入自己的百岳名單，也有人只是來見見那些志同道合、迷戀山林的朋友。我被感官欲求牽引到這裡，我想體驗身體的疲憊，感受肺部吸入冷冽的空氣，嗅聞高山的氣息。我想觸摸時間殘遺下來的地貌，輕撫於地底鍛造而成的山岳。

昨天日暮時分，我們的廂型車在低谷轉錯彎，來到懸崖邊緣。我現在站的地方可以看見山路和陡峭的白色瀑布，像在青翠的山坡上劃下一道灰色傷痕。即便黎明轉為白晝，深谷下依舊是無盡的黑。我稍稍鬆了口氣，一想到可能發生的慘劇，身體就忍不住打顫。

吃完早餐後，我們出發前往能高步道登山口。這條路沿著萬大水庫溪谷往前延伸。萬大水庫是一道狹長的藍綠色水域，由附近的霧社水庫控制。霧社水庫是在一九三〇年代的日治時期開始修建，直到一九五七年才在國民黨政府統治下竣工。我們經過名為「碧湖」的水庫壩頂，湖裡的沉積物讓碧綠的水色暗淡不少。我凝視著下方的盆地，望向廬山。二〇〇八到二〇〇九年，山洪暴發和土石流無情肆虐，釀成數百人死亡，這座昔日繁華的溫泉度假勝地幾乎成了被遺棄的孤城。災害紀錄照片顯示，許多房屋被洪水沖垮，遭山間土石掩埋，坡地上的多層建築淹沒在群山之下。一路上，我看到倖存的建築物如灰暗的落石，空蕩地佇立在那裡，只剩下零星幾家旅館和商店。陡峭的山路就這樣繞過一個差點被吞沒的小鎮。

地震和颱風的影響讓柏油路變得坑坑洞洞，路況很差。上週一場小地震導致山路斷成兩截，直到前幾天才重新開通。上山的路只有一條，很快就修繕完畢，豁口中填滿一鏟又一鏟的礫石和瀝青，只是路面依舊有一道道裂痕，看起來就像麵包一樣。

十七世紀中葉正值清朝初期，臺灣和島上的山林並不重要。大清帝國及帝國與世界的相對位置主要可從五個方向來看，分別是東、西、南、北和中央——中國就是世界的中心。相較之下，臺灣不過是孤懸於帝國邊陲的「海外丸泥」。縱使臺灣島因擁有豐沛的資源、戰略位置重要，以致大清不得不重視，將平原地區和平埔族原住民部落納入帝國的「文明化」計畫，山脈另一邊依舊是未知的荒僻之地。

從地質學的角度來看，臺灣山岳的狀況似乎不太穩定，危機四伏。東部山脈是由火山噴發溢流出來的物質、冷卻的熔岩、岩石及經受熱熔合、壓實固結的火山灰形成。中央山脈的底岩是變質岩，即組成較單純的岩石隨時間受壓、鍛造而成，夾有條紋的帶狀岩石。若切割成橫斷面，可以清楚看見帶狀岩層沿著島嶼軸線分布，留下造山運動的痕跡。對那些具備相關知識的人來說，臺灣的誕生過程顯而易見：不同板塊在海底互相碰撞擠壓，大地構造作用力孕育出島嶼。在地質學家眼中，臺灣目前仍是一座年輕、處於青春期發育陣痛的海島。蘇格蘭有兩億九千萬年前形成的片麻岩，威爾斯的斯諾多尼亞（Snowdonia）火山山脈則可追溯到五億年前，但臺灣最古老的山脈只有六百萬至九百萬年的歷史。

人類自古以來大多認為山脈是恆久不變的存在。到了十八世紀，現代地質學興起，部分地質學家提出「均變論」（Uniformitarianism）的概念，主張山脈是經由緩慢且長時間的地殼運動堆疊成峰；而且會不斷改變，並否定過去的觀點，不認為世界是透過如《聖經》中的洪水等災難性事件，於短時間內形塑而成。這項新的地質學理論引發許多反對聲浪。基督教正統派沒有空間容納地球本身浩瀚的歷史。山岳是大地上唯一廣袤到無法移動、堅固到難以崩塌的事物。為了因應地質學領域的巨變，人類需要從一個嶄新的時間視角切入，這個世界不可能只有六千年歷史，一定能追溯到更久以前，說不定久到沒有盡頭。地質學家發現，經過數百萬年的洗禮，這些山脈會逐漸風化或消失，從海床上隆起的高峰再次凋亡。正如英國作家羅伯特・麥克法倫（Robert Macfarlane）在《心向群山》（*Mountains of the Mind*）寫道，那些「看起來恆久不朽」的事物，實際上「多變無常，令人費解」。

兩百年後，我第一次踏上臺灣的中央山脈。山崩、地震、侵蝕、落石……這些看似堅強的山岳底下實則藏著脆弱的一面。流水和風雨（如季風和颱風帶來的豪雨）的力量比岩石更強。構造運動和雨季都可能讓臺灣的山坡地崩坍，化為細碎的塵埃。

十二歲那年，我的家鄉安大略省南部發生芮氏五・四級的地震。當時已經開學幾週，空氣中仍殘留著一絲夏天的氣息。我們一群人坐在校外的草坪上心不在焉地拔草，為流行歌曲的歌詞爭論不休。這時，地面開始震動，盤腿而坐的我雙膝不停打顫。我以為自己突然出現什麼神經反應，所以壓著膝蓋，不想讓其他女生看到。沒想到我抬起頭，發現她們也都輕微顫抖，就像初次約會或大考前會有的那種生理現象。

那次地震震得櫥架上的盤子哐啷作響，但若沒有留意，基本上不會察覺到異狀。當時我媽媽開車來接我放學，她完全沒注意到有地震，就算有，大概也不記得。小地震在她的孩提時代可說司空見慣。

但對我這個於相對穩定的大陸出生的人來說，那天的細節至今依舊鮮明，深深烙印在腦海裡。

過去在臺灣，只有極具破壞性的強震會在歷史檔案上留下一筆。政府公文書面報告、日誌和旅遊指南只會寫到那些摧毀城鎮、釀成多人死傷、引發海嘯、甚至天崩地裂的事件，直到十九世紀末地質學和地震學成為新興的科學領域，才開始有人定期監測島上的地震活動。在此之前，輕微的地震簡直就像日常的一部分，不值得留意。

現代地質學研究傳入東亞的過程相當迂迴。十九世紀中葉，西方地質學徹底顛覆傳統觀點，挑戰「地球年齡極輕且恆久不變」的舊思維。查爾斯・萊爾（Charles Lyell）等提倡均變論的地質學家大量借鑑蘇格蘭科學家詹姆斯・赫頓（James Hutton）的研究成果，宣揚新的理論，許多人開始了解地球是經歷一段緩慢的沖蝕、崩解和轉變過程才有今日的形貌。幾個世紀以來，中國科學與哲學界不斷繪製地圖、探索國內地區、展開地震研究、設計地震儀，甚至對礦物、化石和地貌的發展進行分類。早在唐代，科學家就推測在山頂上發現的化石曾深埋於海底。但十九世紀初的中國幾乎沒有發展出像均變論這類現代地質科學。

萊爾的《地質學綱要》（*Elements of Geology*）第六版是第一部譯成中文的均變論相關文獻，為該領域的完全指南，與他早期的理論性作品《地質學原理》（*Principles of Geology*）齊名。一八六五年，受清朝官方委託的翻譯人員展開一項雄心勃勃的浩大工程，著手翻譯《地質學綱要》，並將書名命為《地學淺釋》。書中提到許多像是「化石」、「中新世」、「猛瑪象」等難以轉譯的詞彙，日本學者武上真理子就指出，這次翻譯可說是一場艱鉅的考驗，畢竟外方口譯人員與中方筆譯人員對彼此的語言理解有限，據說負責執筆的人還做了有關化石怪獸的噩夢。

一般認為，翻譯《地質學綱要》對當時的中國而言至關重要。清廷亟欲開發、利用國土上的自然資源，其中又以採礦為重。追求地質學知識與國家、人民的繁榮和地位息息相關。中國派遣第一批地質學家前往日本、蘇格蘭、英格蘭、比利時等地進行各項研究，美國與德國地質學家同樣在中國境內展開地質調查，日本也聘請了歐洲科學家。《地學淺釋》中譯本在日本科學界廣為流傳，許多讀者將地質學專有名詞譯成日文，隨後又傳回中國。地質科學就這樣在西方、中國與日本之間的交流過程中形塑而生。

早期地震學及相關儀器的發展得益於駐日英國團隊的研究。日本與臺灣一樣位於環太平洋火山帶。一八七六年，英國礦業工程師、現代地震學之父約翰．米恩（John Milne）應聘至東京擔任礦產與地質學教授，四年後更協助日本成立日本地震學會（Seismological Society of Japan）。米恩與英國研究員艾弗烈．尤因（Alfred Ewing）和湯瑪斯．格雷（Thomas Gray）合作，開始投入地震儀研究，從而設計出現代的擺錘式地震儀。

一八九五年五月八日，第一次中日戰爭（甲午戰爭）致使臺灣被清廷割讓給日本，這些新興科學知識和技術便成了探悉臺灣地形的關鍵。兩年後，日本政府於臺北（日治時期稱為「Taihoku」，即臺北的日語音讀）裝設第一臺格雷－米恩地震儀，開始蒐集地震數據。僅過了短短三年，日本便在廣泛調查臺灣土地和人口的過程中，進行了第一次地質勘察，並繪製〈臺灣島地質鑛產圖〉，以對照日本地景的方式來說明臺灣島的地質特徵。這些早期調查不僅是探究東亞地質學起源的切入點，也是了解日治時期的臺灣及其文化景觀動態的窗口。

歷經兩個世紀的中國統治，臺灣原住民及許多十七世紀以降自中國南部沿海移民來的漢人都受到新帝國的語言和文化宰制。清治時期，中國將臺灣視為中華文明的邊陲荒地，日本政府則努力發掘過去清廷從未涉足的場域，進行土地調查的同時，還一併展開人口普查與經濟研究，企圖測繪、管理偏遠山區的原住民部落。臺灣學生接受日本教育，基礎設施也逐步現代化。日本地圖的重點在於描繪臺灣與日本之間的海上航線，這是繫起日本群島與臺灣的方式之一。一個過去朝向臺灣海峽及彼岸大陸的島嶼，如今已和東洋的新祖國連結在一起。

此外，藝術同樣被當成鞏固日本政權的工具。一九〇九年，日本行政人員從平原深入內陸，被譽為「臺灣風景畫之父」的石川欽一郎受政府委託，前往山區繪製中央山脈地形圖。根據藝術史家顏娟英的說法，相傳石川常在軍方的護衛下提筆勾畫林木蒼鬱的山坡。他的作品隨後被送往東京，展現殖民政府成功「教化」「野蠻」孤島荒山的成果。自此之後，這些日治初期的臺灣風景意象就與日本開拓、考察偏遠山區的努力緊密相連，據說後來許多以鄉村為主題的畫作都是從這裡汲取靈感，成為臺灣繪畫風格的特徵。

二十世紀初臺灣視覺藝術的發展，促使藝術教育成為正規教育課程。石川進入臺北師範學校教授繪畫，是當時臺灣許多知名山水畫家的導師，更引介初露頭角的藝術家到日本深造學習。日本政府不僅主辦許多以臺灣景致為題的藝術展，還進行一系列民調，請當地人對臺灣風景名勝的優美程度進行排名，鼓勵民眾探索山林。爬山就和藝術一樣，成了一種娛樂消遣。

石川描繪出來的臺灣島反映出那個時代的情感。他的日本水彩畫色彩細膩，富士山等山岳筆調柔和淡雅；至於臺灣畫則更為飽和，構圖也沒那麼正式。他抹上濃淡不一、鮮明大膽的綠，以明豔的色調和強烈的筆觸勾勒出臺灣的炎熱和富饒，山林在他筆下顯得狂放粗獷。在他的畫作〈臺灣次高山〉中，雪山頂峰是一片淡淡的白，山坡染上海藍色，樹木化為前景中的深色輪廓，而非精雕細琢的裝飾。像石川欽一郎這類於繪畫、地圖和勘察中渲染出的臺灣映像，都是在廣大的帝國架構中尋找臺灣的定位，讓世人認識這座豐饒之島。

山路愈攀愈高，我開始耳鳴。小小的廂型車沿著礫石路肩盤旋而上，開往停車場。路邊停著一排車輛，看來其他登山客比我們更早出發。我下了車，拉緊背包肩帶，皮膚因高海拔地區的寒冷泛起陣陣刺痛。青翠的山巔點綴著雲朵，陽光從雲隙中傾瀉而下。這個早上想必會愈來愈暖。我綁緊鞋帶，朝狹窄的步道走去。

能高越嶺道的起點位於霧社東側。這座小鎮以過往的歷史聞名。一九三〇年十月下旬的霧社事件是臺灣原住民在日治時代最後一次武裝反日行動。當時，馬赫坡社頭目莫那魯道率領賽德克族人突襲公學校舉辦的運動會，殺害了一百三十多名日本官員及其家屬。數十年來，日本效仿北美模式豪奪土地，將原住民部落逼入保護區，同時更強迫奴役，要他們砍伐祖傳山林間的樟樹和檜木，導致日本警察與族人之間的關係日益緊張。事件爆發後幾週，日方部署大約兩千名軍警，並採取「以夷制夷」的策略，利用當地部落間的嫌隙，連同一千多名與莫那魯道敵對的原住民一同聲討起事人等。賽德克族人退守山區，他們比日方更熟悉當地地形。日軍以大炮連續轟炸，甚至投放毒氣彈鎮壓起義，據說這是亞洲首次使用生化武器。數十年後，中國國民黨利用霧社事件進行政治宣傳，企圖強化臺灣反抗日本統治的意象。事實上，霧社歷史述說的是數百年來，臺灣原住民部落在日本和中國政權統治下，於這片土地上接連遭到抹去，而這些人起身反抗的悲歌。

早在霧社事件發生前幾十年，日本政府就利用原住民古道鎮壓當地部落，興建道路橫貫東西部。日治時期，能高越嶺道為警備道路；第二次世界大戰後，臺灣政權轉移到國民黨手中，臺灣電力公司便利用該步道進行東西電路工程。時至今日，資訊布告欄、日本警方用的古老木炭窯，以及臺電修築的吊橋依舊存在。支離破碎的過去就這樣散落在山腰上。

不僅如此，傷痕累累的岩石同樣是殘遺的過往，訴說著歷時更悠久的土地故事。無盡的岩層裸露在外，易碎的板岩、泥板岩和千枚岩經過劈裂、擠壓，堆積在一起，形塑出眼前的山脈。這條步道上的岩石就跟我想像中一樣堅穩，卻又如此脆弱。

二〇〇九年，莫拉克颱風強勢來襲，光一個週末就為臺灣帶來兩千五百毫米以上的降雨量，是英國年平均降雨量的三倍多。能高山區變得滿目瘡痍，大片山坡地坍方，往濁水溪方向滑動。

除了這條中央山脈板岩帶外，還有許多地方同樣受到影響。臺灣地震、颱風頻繁，山崩的狀況不斷。水或風的力量加上重力，就會引致山崩。地震讓坡體變得更脆弱，在這種情況下，雨水的破壞力相對增強。以頁岩、板岩和片岩為主要岩層的地區很容易發生山崩，導火線可能是地震，也可能是颱風帶來的豪雨，或者不幸雙重夾擊。臺灣大多土地都已開墾，用來種植作物或掘鑿礦脈，更別說氣候變遷導致颱風增強。人類活動可說是造成這些風險的主因。

颱風過後，研究人員利用衛星影像檢視能高一帶，推估該地區發生超過上千次山崩，河畔的頁岩和板岩在地圖上清晰可見。出發登山前，我在家瀏覽了塊體崩移、坍方和土石流相關圖表，查看緊急警報系統和降雨統計數據，閱讀臺灣山崩地質研究報告。看來這座山是以落石、土石流、山體崩塌滑落至山腳等方式蛻去老舊的外皮。我把這一區的影像拉到電腦螢幕上，放大占地最廣的崩塌山壁，那看起來就像一座山中山，一座由自身碎岩和礫石形塑而成的迷你山脈。我可以看出崩坍的路線，像湍急的水流衝進山谷，在坡地上與其他落石一同匯入支流。根據地圖比例尺判斷，山崩的痕跡應該有半公里寬。一道蒼白的傷疤無盡延伸，探入底下翠綠的深谷。衛星影像是很驚心動魄，但面對能高的崩塌山壁，知道坍方過程並不能消除我的恐懼。

我並不是生來就特別怕高。我十幾歲開始接觸攀岩，很喜歡登山和挑戰岩壁，怎知成年後就變得笨手笨腳，偶爾還會暈車或昏倒。抵達第一道崩坍的小山壁時，我開始懷疑自己的腳步，感覺好像忘記該怎麼走路。步道上的砂礫在前方登山客的踩踏下漸趨密實，崩坍岩壁從上方的懸崖一路延伸到下方的樹林。我強迫自己往前移動，雙眼緊盯著前面登山客的背包，直到雙腿恢復正常。我腦海中不停在想，說不定一個緊張抽搐或突然不由自主的動作，我就會跌落山谷，唯有消弭這些非理性的擔憂，我才能好好欣賞眼前的景色。

山壁底下散落著許多落石劈斷的樹木和一座金屬橋殘骸，四周堆滿岩塊。山崩的力量讓我大感震懾；我倒抽一口氣，繼續往前走。我們經過一間小小的土地公廟（山區很常看到這類廟宇，讓那些想表達敬意的人參拜），抵達第一個前哨站「雲海保線所」。大家在這裡稍事休息，吃些點心，放下沉重的背包讓身體輕鬆一下。我帶了太多東西，已經開始覺得累了。但時間緊迫。我硬是吃了一些乾芒果和堅果，喝一小口水，背上背包，準備踏上午後的路程。

最大的崩坍岩壁離我們不遠。大家呈一字縱隊緩步前進。蒼翠的樹木在深淺雜揉的灰色岩地間茁壯，朝上下兩邊蔓延。觀看衛星影像時，岩壁範圍只有我的拇指和食指張開那麼大，我只用理智淡漠的眼光匆匆瞥過螢幕，沒想到實際上居然這麼高、這麼廣。第一道小岩壁不寬，我還應付得來，但第二道大山壁於前方五百公尺處昂然聳立，看來得使出月球漫步，艱鉅的挑戰即將來臨。

我跨出第一步，踏上崩坍的岩壁。坡體往下傾斜，探入形成山壁的礫石堆。每個動作都散發出塵埃和汗熱的氣味，靴子在脆弱的地面上嘎吱作響，讓這種感覺變得更加強烈。步道蜿蜒伸入山脊，從另一邊探出頭，陡然畫出一條蒼翠的弧線，消失在彎道後面。岩壁邊立有警告標語，用粗體寫著「請勿逗留」四個大字。

我穩住腳步，試著欣賞這片廣袤的荒原。岩壁高到看不見盡頭，俐落的灰色輪廓逆著天光，形成一條黑色細線。岩壁兩側的樹木被陰影籠罩，承載著生命，在礦脈邊界戛然而止。板岩、帶狀變質片岩和石英於步道底下堆疊，成了在重力作用下溢流而出的地質紀錄。我繼續前進，雙眼彷彿出於本能，不斷尋找那一簇又一簇替岩石捎來生命力的綠色嫩芽。

松樹是最先修復這片山崩地區的樹木之一。它們舒展樹根，將力量重新織進大地。當前的林地復育計畫致力於加速大自然的療癒過程。對土壤受侵蝕、颱風和季風降雨導致坡體坍方的地區來說，林地再生並非易事，但只要樹苗扎根、「樹島」茁壯，山坡地的狀況就會愈來愈好。樹木會將水分吸進土壤裡，枝葉茂密的樹冠也會削弱風勢。這些小樹林引來了尋求避難所的鳥類，鳥類又反過來播下種子，促使森林進一步生長；與此同時，根系正在看不見的地底動工，穩定土壤結構。因此，一旦森林從山坡上消失，山脈矗立於世的日子也不多了。山崩再再告訴我們，永恆有多渺小、多微不足道。

快走完的時候，我停下腳步喘口氣。一陣寒意湧入袖口，竄遍全身。陽光灑落在零星的結晶岩上，讓暗如熔岩的崩坍岩壁閃爍著細膩、難以察覺的微光。我呼吸急促，雙膝顫抖，覺得自己這一刻，在這裡，見證了天地的壯美和崇高。

6

我不曉得外婆為什麼把外公的信藏起來，不讓我們知道她和其他家人有聯絡，但這種令人費解的情況也不是第一次了。上了年紀後，外婆變得性情古怪，反覆無常。外公去世到她離開那十年間，我和媽媽常去探望她。我一邊喝茶，一邊聽她們用中文交談，學到一些抨擊和抱怨的字眼，知道媽媽沉默不語時會換上什麼表情。我時常想起外婆不經意告訴我的一句話：「我對妳媽的批評還不及我媽對我的一半呢。」我忍不住納悶，我們怎麼有辦法控制、無視她的言行舉止這麼多年，認為她只是性格乖僻而已。

幾年前，就在我要搬到德國之前，我們帶她去她喜歡的壽司店吃午餐。席間她突然從讚美我轉向批評我媽媽，連珠炮般罵個不停，緊張氣氛一觸即發。她很氣媽媽認為她需要別人更多的照顧，她不准、也不想要別人幫忙。

回到她的住處後，她的怒火開始轉移到一些沒那麼具體、令人不安又無法控制的事物上。她緊抱著我，抱了好久好久，我能感受到她身體的變化。

外婆緊抓著我的手哭倒在地，力道之大完全超乎我對九十歲老嫗的想像。她用中文尖聲大吼，又說了一串英文：「如果妳走，我也不想活了！我永遠見不到妳了！」她快步奔向陽臺，我立刻傾身向前把她拉回來，動作非常小心，不想傷到她皮膚漸薄、纖細脆弱的四肢。她的力氣怎麼這麼大？

我對媽媽拋了一個求救的眼神；這時，外婆一把抓住我的腳踝，我們雙雙跌坐在地，她站起身，又往陽臺走。我試著穩住她的身體，跟她講道理。「我會回來，我們一定會再見。」

我腦海中閃過外公的身影，想起自己沒見到他最後一面。

救護車來了。外婆的手指像樹根一樣纏繞著我；醫護人員好不容易鬆開她的手，她再度跑向陽臺，不過被他們及時攔住。一根針頭扎進皮膚，她便安靜下來。

抵達醫院後，她躺在病床，臉上掛著平靜的微笑。我開始懷疑自己是不是反應過度，心裡好後悔，不知道這麼做到底對不對。老年醫學專家來了，然後是心理學家。他們說外婆沒什麼問題，沒有失智，也不會對自己造成傷害。事實上，她對所有醫生都很友善。我們想跟社工談談嗎？

我心煩意亂，憤怒、憐憫和悲傷交織在一起，不知道要怎麼跟外婆相處。她躍向死亡邊緣，是我把她拉回來。我想起十多年前的某個午後，她講了一個故事給我聽。

一九二九年，外婆在中國南京嚥氣。那年她五歲。早上九點，她的心跳驟然停止。沒有人察覺不對勁，因為她經常昏倒，上演一系列誇張鬧劇，讓她的母親和家中僕役都很頭痛。可是過了幾分鐘，她依舊毫無動靜，眾人嚇得驚慌失措。

大家捏她的手臂，在旁邊焚香，試圖讓她甦醒過來，可是沒用。他們又按摩她的胸口，揉搓她的腳（我和她第三根腳趾上都有胎記），在驚慌惱怒下替她換上暖和的厚衣，但外婆還是沒反應。到了傍晚，他們決定放棄。她的父親命人把門從鉸鏈上拆下來，擺在地上，將那具年幼的身軀抬上門板安放，準備下葬。

這時，一個廚房伙計跳出來說話。

「夫人，你們這麼快就放手，不救桂林了嗎？」他問道。

「我們不曉得還能怎麼辦。」外婆的媽媽回答。

「你們沒帶她去醫院，也沒叫醫生！」年輕的廚房伙計大喊，「如果覺得麻煩，請讓我來辦。」

他在外婆家人的允許下，於日落前趕到鎮上，帶著一位通曉針灸醫術的拾荒老人回來。楊家認為女兒已經死了，便任憑老人採取他覺得適當的治療方式。老人蹲下來查看外婆的情況，接著把手伸進袋裡，拿出一個裝著針具的木盒。他不發一語，精準地將兩排金針從她頭頂一直插到細瘦的腳跟，並在穴位多加二十根針，直到她的身體看起來像個閃閃發光的洋娃娃造型針墊。老人帶著滿意的神情蹲踞在地，要他們耐心等候。

他們靜靜在屋裡踱步，等了三個小時。十一點，外婆喉嚨裡傳出一陣刺耳的聲響，下一秒，她突然筆直坐起來放聲大叫，金針在燭火下閃爍著亮光。

「媽！」她喊了她的母親。

從鬼門關前走一遭的外婆看起來毫髮無傷，身體也很正常，恢復了以往的生活。雖然她嚐過死亡的滋味，始終擔憂自己孱弱的心臟，但她再也沒暈倒過。

崩坍岩壁另一邊，能高步道路緣雲海翻騰，長滿潮溼苔蘚的森林愈來愈濃密。隨著步道爬升，山坡周圍的環狀森林帶從低海拔地區的橡樹和扁柏逐漸變成散發清香的鐵杉和冷杉。各物種彼此交疊，往外延伸，探向微弱的光線。閃耀的地衣爬附於裸露的岩壁，在陰影中靜靜等待雨水降下，整座山岳蒙上一層苔蘚植物的光芒。苔類披垂於樹身，遮住棲息在枝幹上的火冠戴菊鳥。我繼續往前走，步道與能高山峰間的谷壑雲霧繚繞，白松開始越過岩壁，伸向虛無的天空，朝谷間那片蒼茫探去。

登山隊按個人的步調自然分組。攻頂的人於前方疾行，登山杖隨著步態規律擺動；至於我，當然是懶洋洋落在後頭，畢竟比起遠方的險崖，我對地面的細節更感興趣。這條步道橫貫起伏的山脊，直達奇萊山背光側。我細細品味自己徐緩的步伐，另一個健行夥伴腳步漸慢，也與我並肩同行，對方似乎還喜歡花時間慢慢拍照，注意那些只有趴在地上才看得到的小事物。

克里斯多夫來自慕尼黑，雖然我並不想念遠在德國的家，但能用德語為對話增添興味的感覺還是很棒。德文不像中文常用到齒音和唇音，我能感受到字母的音讀和形狀在口腔後方延伸。我們聊了一個下午，將文學和山水詩帶入山間。他跟我分享卡夫卡（Franz Kafka）創作的短篇小說《中國長城》（*The Great Wall of China*，一部關於帝國、國家認同與長城建築的作品），提到他喜歡的臺灣畫家。身為戲劇系教授的他閒暇時總往山裡跑，如今他的臺灣之旅接近尾聲，島上群峰卻緊緊擄獲他的心。他似乎很不想離開。

我們在岩層裸露的步道上邊走邊聊，突然間，兩人都停下腳步。空氣中瀰漫著杏仁和現烤蛋糕的味道，甜甜的，好像沾滿了糖。我們出於直覺抬起頭，看著附近一棵開花的樹，連忙湊上去聞了聞，結果只換來失望。那棵樹沒半絲氣味。我們發現只有原地才聞得到香氣，無論往前或往後一步都不行。我望向步道邊緣，除了厚實的泥土外什麼也沒有。我沮喪地轉向懸崖附近的溝渠，只見零星幾株灌木和草本植物，有簇植叢帶著紅綠色葉子，點綴著白色小花。我們蹲下身（想像一下克里斯多夫這樣高大的日耳曼人蹲伏在地的模樣），濃濃的香氣撲鼻而來，這些小花散發出非比尋常、不可思議的芬芳。我們倆都拍下照片，想知道這是什麼植物。後來我花了好幾週時間不斷追查才找到答案。這種植物叫火炭母草，別名早辣蓼、烏炭子等。

在臺灣，火炭母草還有一個別稱叫「清飯藤」，花如其名，碧草如茵的步道旁開著許多如米粒般的小白花。這種植物是臺灣和東南亞的原生種，常見於緩坡丘陵上的茶園和村落附近的溝渠。傳到國外的火炭母草被貼上「外來入侵種」的標籤，可是在這裡，在它家鄉山區，是一件洋溢美感的事物。甜蜜的花香讓我有種飄飄然的感覺，一路飛向林線。

一九〇〇年，早田文藏來臺旅居兩個月，接著返回東京念書。他過去十多年來一直想正式鑽研植物學，如今夢想成真。當時二十六歲的早田一直很想完成學業、進行研究，他從青少年時期就對植物很感興趣，甚至還加入東京植物學會（Botanical Society of Tokyo），但家庭因素讓他不得不延遲進入大學就讀。

讀研究所時，他的導師、臺灣植物學先驅松村任三認為早田應該要將研究重點轉向臺灣植群，而非專注於自己喜歡的苔蘚，就此開拓出他的學術之路與發展方向。早田懷著年輕人特有的熱情與雄心展開專題研究，試圖區別臺灣與東亞其他地域的植物相。他認為，過去那些讓調查行動窒礙難行的環境條件正是臺灣植群之所以獨特的原因。西部平原逐漸擴展，爬升成陡峭又難以到達的群山，隨後地勢再度往下，延伸到東海岸，涵蓋了亞熱帶到高山棲地，形成獨一無二的林相。一旦日本政府成功進入高海拔山區（後來也的確達成這個目標，興建了能高越嶺道），他們便得以為植物考察開闢新路。早田在日本和臺灣進行了幾年研究，後又前往倫敦邱園（**Kew Gardens**）、柏林達勒姆（**Dahlem**）、巴黎和聖彼得堡的植物標本館參訪，並於一九一一年正式出版《臺灣植物圖譜》（*Icones Plantarum Formosanarum*）第一卷。他在序言中簡單勾勒出一個抱負遠大的系列叢書計畫：「我一直很想出版一套福爾摩沙植物志，（中略）應該十五年內就能完成。」事實上，他耗費了十年的時間和心力，進行大量植物研究和採集，編纂出一套十卷的植物志，收錄了近一百七十科、一千兩百屬的維管束植物，共有三千六百五十八種和七十九種變種。

早田的貢獻與遺澤仍蘊存在植物名稱裡，延續至今。根據植物學家大橋廣好的統計，早田在東亞與東南亞勘察植物期間，一共命名了兩千七百多個物種，其中臺灣就占了一千六百多種。然而，他之所以能研究這麼廣的植物相、進行物種分類，部分原因是因為日方成功涉足前朝從未進入的界域。十九世紀的植物學家根本無法到達這些地方。

當然，臺灣有許多植物都是在地居民發現並命名的。一個世紀前，隨著現代分類學的興起和傳播，學界開始記錄臺灣物種、編纂目錄，區分當地與他國物種。西方植物學和地質學一樣，透過探索與殖民擴張來到這座海島。一八五三年，以竊取中國茶株與製茶技術並引進印度，助英國建立茶業基地而聞名的蘇格蘭植物學家羅伯・福鈞（Robert Fortune），就曾對臺灣部分沿海植物進行編目，是臺灣島第一份植物研究紀錄。一八六〇年代，英國駐臺領事、生物學家郇和（Robert Swinhoe，羅伯・斯文豪）著手調查臺灣自然史。十九世紀末，愛爾蘭植物學家韓爾禮（Augustine Henry，奧古斯丁・亨利）發表了一份名錄，記載了近一千五百種臺灣植物。

科學標籤承載著許多過往，光從命名法就能一窺歷史的樣貌。比方說，臺灣有許多以斯文豪（即郇和）和早田（Hayata）命名的動植物，前者如斯文豪氏鷴（*Lophura Swinhoii*，即藍腹鷴），後者如早田山毛櫸（*Fagus hayatae*，即臺灣山毛櫸）和玉蘭草（*Hayatella*，臺灣特有的茜草科植物，只有一筆紀錄，發現地為臺灣東部）。此外，臺灣最高峰玉山多年來又稱為摩里遜山（Mount Morrison）；摩里遜是一位外國船長，至今仍可在植物名錄中看到此人名字，例如玉山小蘗（*Berberis morrisonensis*，別名赤果小蘗）、玉山當歸（*Angelica morrisonicola*）等上百個物種都是以此命名，其中許多都是由早田本人親自記錄。

語言是很棘手的東西，科學標籤無法界定這些形成世界秩序的名謂。我研究臺灣植物時，會對照俗名與學名、中文與臺文名稱。若找不到英譯名，那株植物就只能礙於語言限制的束縛，存在我腦海裡。於我而言，許多臺灣植物名稱被困在兩種語界之間，只有一小部分叫得出名字。我用柏林的華語老師給我的表格，以英文和繁體中文寫下植物名稱，再加上拼音註明發音。例如八角金盤為bajiao jinpan，鞭打繡球則是bianda xiuqiu（後者並沒有通用的英文名稱）。我用拉丁文寫下這些植物名——*Fatsia polycarpa*、*Hemiphragma heterophyllum*——感覺這樣好像比較安定、踏實一點。

然而，字詞會隨著語言不同而有所改變。我詢問媽媽地名或植物名時，她通常會用韋傑士羅馬拼音（Wade Giles Romanization，或稱威妥瑪拼音）寫下答案。一九八〇年代前，全球多使用這套拼音系統，將漢語音譯成拉丁字母，後來中國大陸的漢語拼音逐漸成為通用標準規範。媽媽讀了我請人翻譯的外公書信，覺得很困惑，努力將新的音譯和她所知的地方連結在一起。我在簡訊中用漢語拼音拼出名字和地名，她會沮喪地回覆說她看不懂，問我「ㄑ」怎麼會是「q」、「ㄒ」怎麼會是「x」等等，認為中國大陸採用的這套新式拼音完全說不通。

很多事情都變了，但我不必明白告訴她。每每將語言書寫成文字，我們之間都會產生隔閡。

豪雨肆虐了一夜。我能感覺到外頭的強風穿過帳篷頂，山雨的冷冽滲入帳中。凌晨兩點半，山間一片墨黑。不能再賴床了。我小心翼翼，盡量不碰到溼透的帳篷，穿上緊身褲、防水雨褲、乾襪子，然後套上襯衫、毛衣和外套，束緊帽兜，接著拉開帳篷拉鍊，打開頭燈。

大雨傾盆而下，我努力克制縮回溫暖睡袋的衝動。先前研究完山崩的資料後，我轉而探索這座素有「黑色奇萊」之稱的山岳。一份按時序排列的名單跳出螢幕，上面記錄著山難事件，許多登山客都在危險的北峰喪命。我甩開這個念頭，顫抖著繫好鞋帶。能高步道這條路線相對安全，要先爬一公里的階梯，進入高山步道，然後攀上南峰。如果奇萊山真像傳說中那樣受到鬼魂侵擾，這場暴風雨感覺就像在召喚他們。

厚厚的雲層攪亂漆黑的夜空，新月帶來的虛無讓天幕變得更黑、更深沉。大家啟程出發，希望能在日出前攻頂。我在頭燈照明下隱約看見狂風不斷纏擾其他登山夥伴。斜斜的雨點劃過我的視野，唯一讓人安心的是礫石步道邊長滿青翠的玉山箭竹，能稍稍遮蔽風雨。臺階泥濘遍布，像抹了油一樣滑。我盯著地面，將注意力集中在自己的腳步上，聆聽登山杖的喀噠聲和風中草木的沙沙聲。我們越過高海拔山脈常見、形狀彎曲的矮盤灌叢（又稱高山矮曲林），行經林線上最後一片箭竹林，周圍的綠牆驟然縮減。

來到臺階盡頭，一片草地映入眼簾。儘管做了大量體力活動，我還是被一種滲入骨髓的寒冷凍得顫抖不止。我想起昨天早上內心那股渴望，呼吸稀薄空氣，嗅聞火炭母草甜香，忍不住懊惱自己把這趟登山之旅看得太過理想，滿腦子都是壯麗風景和親近山林。可是事實不然。我覺得自己離山好遠，幾乎看不見任何景物，看得到的東西也都溼答答的。

一大群登山客在草地上停滯不前，斗篷式雨衣蓋住背包，讓他們看起來好像毛毛蟲。前方步道成了沼澤，他們試著越過灌木叢避開水窪，駝著背於草木間穿行，速度慢到幾乎像沒有前進。我看著其他人拖著腳步走上積水小徑，轉頭望向其他健行夥伴，準備好踏進灌木叢。他們的表情無須解釋。不能再抱怨，也不能再停滯了。我跟在後面；池沼深及腳踝，我感覺到泥水從破舊靴子上每一個孔洞滲進來。我們離頂峰不遠，天氣太惡劣，沒辦法停下來好好討論。我把下巴塞進外套裡，朝頸部噴出溫暖的鼻息，算是一點小小的慰藉。

我們來到一座高原，上頭有許多小型植物，在冷冽的環境中扎根茁壯。常綠灌木叢雜亂蔓生，少了夏季花朵、短莖燈心草、帶刺的草甸植物和高海拔地區常見、葉片帶皺摺的佛甲草，景色顯得單調乏味。這裡看起來就像蘇格蘭沼地直接從世界彼端運過來一樣。四周伸手不見五指，大多數植物我都認不出來，只知道隨著時間推移，這些植群會離我們愈來愈遠，難以企及。氣候變遷和山林開發會迫使低海拔物種遷徙到中高海拔地區，山區愈來愈暖，高山植物除了向上生長之外無處可去。一路上，我在黎明前的風雨中掃視大地，看著那些在強風與岩縫中生長的植物，找尋這座溫暖海島上最寒冷的地方。

靠近頂峰的地區，植群逐漸減少，只有歷經悠長年歲的岩石矗立眼前。寒風灌進我的外套裡，布料緊貼在我身上。我奮力向前，伸出手將身體撐上一公尺高的岩塊，把登山杖插進泥地裡。每走一步，都能看見雨水匯流進登山杖留下的孔洞。我的腦子幾乎一片空白，決定開始數算步伐。一、戳，二、戳，三、戳，繼續往上走。汗水沿著我的胸口和背部滴落，與雨水混合在一起。一種孤立的感覺湧上心頭。寒風吹過帽兜的呼嘯聲，耳內溫熱血液流過的脈動，嘴裡有鹽巴和粉筆的味道。我覺得自己就像泥沙流到下游一樣，在一舉一動中溶解。

奇萊南峰有一片遼闊的草地，草木被風吹得頻頻彎腰。眼前這片景象讓我瞬間從登山的疲憊和恍惚中清醒。最高點周圍環繞著岩堆，巨石上焊接著一條鐵鍊，上頭掛著一塊破損的黃色鋁牌，寫著「三三五八公尺」。

我第一次聽到奇萊山時還以為是「七萊山」，但我更喜歡奇萊這個名字。「奇」表示「驚奇、奇妙」，「萊」是一種名為「藜」的植物（跟神話中的仙島「蓬萊」同字），但我個人偏愛另一個古老的字義，也就是「草地」。它讓我想起這裡的植物，寒冷的山峰就像被大海吞沒的島嶼一樣消失無蹤。

我們在黑暗中用頭燈照耀彼此，輪流拿著海拔標示牌擺姿勢拍照。牌子摸起來好冰，但筋疲力盡的我一點也不在乎。我想看見天光，感受高度和岩石，最後得到的卻是一場暴雨。我想要一片風景，一種讓山脈如地圖般在我腳下開展的感覺，只可惜群山拒絕現身。但我並不失望。我對著鏡頭燦笑，冷空氣鑽進我的肺，腦內啡隨著嚴寒的衝擊在我體內奔流。運動後那種快樂倏地湧現。

我們沒有注意到日頭悄悄升起。下山時，逐漸消散的灰雲背後透出暗淡的陽光，濃霧讓奇萊峭壁和懸崖邊緣變得柔和不少。暖意慢慢爬上身軀，就像夜空中閃爍的燈火一樣，我感受到暴風雨後那一絲微光。

木

朦朧的氯氣低懸，貼近大地，幾縷霧靄抵抗重力拉扯，挾著它裊裊上升。我探出欄杆瞥了一眼，只見白色水花在底下滾滾翻騰。我立刻往後縮，全身一陣顫慄。雖然來過尼加拉很多次，每每看到瀑布還是非常震懾。

我很清楚瀑布不可能有這種味道。大概是心理作用吧，大腦玩了點小把戲，在我多年未曾造訪的景象中增添熟悉的細節。我不太確定湍急的水流應該散發出什麼樣的離子氣味，所以用游泳池的味道來代替。外婆以前常帶我們去附近的噴泉看水舞，清水在青藍與粉紅交織的背景光下跳躍，聞起來就有氯的味道。我們每年夏天都會去那裡。到了週末，外公和外婆就會離開阿姆斯壯大道（Armstrong Drive）上的平房，跟我們一起進市區。

我仍清楚記得那些片刻。奧斯摩比轎車內襯著豪華柔軟的藍色天鵝絨，椅縫深處藏了一些年代久遠的零食碎屑，中控臺裡塞著皺皺的麥當勞餐巾紙，地上還有一個揉成一團、沾滿汙漬的破爛咖啡杯，上頭巴著黏答答的牛奶殘跡。塑膠卡式錄音帶開始捲動、播放中國民謠時會發出喀噠聲。坐在後座的外公一路帶著微笑，緊握著車頂的安全把手。我小時候總不明白為什麼，畢竟外公曾駕駛過戰鬥機，在我的想像中，他會在天空上下翻轉，畫下一圈又一圈的白色尾痕，就像每年春季飛行表演看到的噴射機那樣。可是外公從沒開過那輛車。

我在想，不曉得外公的心智狀態是什麼時候開始改變的？是我十歲那年嗎？他來家裡度週末，煮了我最愛的茶葉蛋那時候？還是十三歲那年？當時我看到外公躺在床上，他的床是一塊木板，就像他從前進行軍事訓練時睡的那種，下面鋪著鬆軟的床墊，他就那樣靜靜躺在黑暗裡。小時候的我很好動，完全靜不下來，所以覺得外公很奇怪，好像有什麼地方不太對勁。那時他就已經變了嗎？

大腦中那些微小而漸進的變化早在我們注意到的前幾年就已經出現了。

寫這些信時，外公的記憶力已然衰微。縱使信中保留了許多細節，順序卻不連貫，毫無條理可言。

儘管如此，外公筆下的細節依舊鮮明。

一九三七年七月，第二次中日戰爭爆發。當時日方於中國境內進行軍事演習，一名日本士兵在演習結束後未返回駐紮營地，日軍要求進入宛平城搜索，卻遭中方拒絕，導致緊張局勢加劇，引爆第一場全面戰爭。這段歷史主要就是繞著這個事故開展。據說該名士兵當晚有回軍營，只是迷路了。那天晚上，中日雙方爆發生衝突，戰火沿著鑿刻的花崗岩橋面延燒，橋下的永定河奔騰洶湧，史稱盧溝橋事變（又稱七七事變），抗日戰爭就此揭開序幕。外公在北方的小村莊裡才剛成年。

面對即將來臨的戰役，他努力鍛鍊身心，讓自己變得更堅強。十多歲的他投身學習軍事管理。他剃光頭髮，濾淨從前午後跟著母親進出廚房、依偎在奶奶懷中的寧靜歲月，滌除柔軟的一面，開始睡在木板上（日後也一直恪守這個習慣），用冰水洗澡。戰爭爆發後，他跑去找先前離家再婚的父親，結果卻被拒於門外，只能坐同一班火車回去。

數百萬人向西遷徙，甩開進逼的日軍；士兵沿路拆除鐵軌，希望這樣能阻止敵軍追擊。十八歲那年，外公獨自踏上西邊的道路，乘著汽車和公車橫越中國大約兩千公里。他很幸運，大多數人都是徒步走到內陸的。

世間聚散無常，人們在一連串機緣巧合下或相遇，或分離。外公於旅途中碰上多年未見的老同學劉伸，對方鼓勵他在貴陽落腳完成高中學業，準備大學入學考。外公想讀建築或工程，找一份安定、講求精準與專注的工作。然而事與願違，後續各種發展環環相扣。當時恰逢中華民國空軍第十四度招募新兵，劉伸發現主考官是他家中兄弟的同班同學，於是外公便和他一起跨出第一步，加入空軍。

7

待在臺灣愈久，就愈容易忘記外面的世界。我在英國追尋父方家族過往的年歲，如今變得模糊不清。我像小孩子一樣說著簡單的中文，而且愈來愈不怕丟臉。情況日漸好轉。我的身體慢慢適應島嶼的溫暖。在臺北，我可以不假思索搭上捷運，於熟知的蜿蜒巷弄間穿梭。我開始研究山林步道，看看哪些枝葉蒼鬱的小徑通往掩蔽的山峰，定期踏上健行之路。

然而有一天，挫折迎面痛擊。一位婦人在公車上走到我旁邊，邊捏我的臉頰邊說，「很漂亮，西方人。」我用生氣來回應，臉頰痛得熱辣。

還有個計程車司機問我，我一個外國人中文怎麼說得那麼好？

「我媽媽是臺灣人。」我解釋。沒想到他立刻變臉斥責：「那妳中文怎麼這麼差？」

我退避至森林，但即便在那裡，有時還是會有種流離、失根的感覺。我在山間散步時經常想起外公和外婆，平常不會有的心緒慢慢浮現。步履彷彿變成一種催眠魔咒，召喚出最負面的念頭。我做得不夠。中文學得太少，臺語一竅不通，也沒有很關心這些事。外婆一直覺得我們太外國、太西方了。她故意瞞著我們什麼嗎？我們是不是做了哪些事，會變成這樣都是自食惡果？

山徑通往蒼綠的林間空地，我沿原路折返，試著在風景中描繪她的生活，仔細檢視她告訴我的那些片段，直到回憶鮮活如生，直到我再也想不起來她還說了些什麼，搞不清楚自己又加油添醋了多少。我在山林間尋找她提及家人的證據和痕跡，但腦中冒出的想法總是扭曲怪誕，覺得她是故意隱瞞，想傷害我們。我還是很氣她當初那樣對待外公，但憤懣很快就化成內疚，我好後悔自己沒有多做點什麼。毛毛雨挾著溫柔落下。外婆失去了太多，心裡有很深的傷，我說不上來。

十年前，她和我們談論過往，答應讓我用錄音的方式記下一切。我們坐在那裡錄了一個下午。也許她希望有一天我能在其中找出意義。她把僅存的回憶告訴我，我母親則在旁邊翻譯。外婆描述的是她失去的世界。身為南京富商之女的她，家中擁有龐大田產，相信自己的未來一片光明，完全沒想到自己生命最後幾年會蜷縮在灰暗的異國他鄉，餐餐都吃重新加熱的粗茶淡飯。她口中的細節圍繞著故事開展。她談到布料、商品、茶館及場景中其他的細微瑣事，卻從未提到人物和地點。那次錄音後幾年，我在書頁中探尋昔日的世界，把她的故事編進時間線，希望能從數十年的跨度中捕捉到什麼。

她用瘦長的手指細數著家族的生意。

1. 錢莊
2. 糧行

3. 香燭鋪
4. 大豆加工廠
5. 烘焙坊
6. 茶館

這些家業座落在城區周圍，外婆就是在這樣一個小帝國裡誕生。她特別喜歡參觀大豆加工廠，細看那些大到需要三個人才抬得動的瓷製豆甕。工廠裡有數百個盛滿的豆甕，上面蓋著布，等待時間將大豆釀成醬油。由於她愛吃甜食，因此常偷拿家中烘焙坊的餅乾和蛋糕。至於香燭鋪主要販售各式蠟燭，她會用老舊的算盤數算商品，從一般日常用的白蠟燭到特殊節慶用的紅蠟燭都不放過。

生活自有它的節奏。一九三〇年代的南京在國共內戰期間依舊如常。外婆和她的兄弟姊妹每天都很用功讀書，語言和算術是她的強項。她學了英文、廣東話和日文，閒暇時還會縫紉，彷彿那些金針不僅讓她死而復生，更將靈巧技藝注入她的雙手。無論去到哪裡，縫紉這件事都是她生活中的一部分。她替我縫過毛毯和睡衣，將幾十年前幫我母親做的衣服交給我，直至白內障模糊了她的視線。

她記得自己縫過哪些織物，也記得自己常用的剪刀，她總是用那把剪刀剪下時尚雜誌上的圖片，將新潮的設計蒐集起來備用。只要有高級布料和一臺小縫紉機，她就能自己縫製出想要的旗袍，調整領口高度、剪裁和肩膀的蓬鬆度，完全不需要找裁縫。她做的旗袍腰線更細，用色更大膽，其中有一件她記得特別清楚，布料是輕盈的橙色綢緞，鮮豔如火，會隨著身軀移動閃閃發光。

外婆從幼年到青春期都是在這座安全的城區內成長。一九三七年十二月，日軍進入南京，全家也是從這裡逃出城外。

攀完能高越嶺後幾天，我帶著依舊有點氣餒的心，獨自挑戰水社大山。我一邊走，一邊數著坑坑洞洞、爬滿苔蘚的階梯。它們是我認得出來的獨特，是我被繁茂林木包圍時用來鍛鍊思路的焦點。這段步道起點位於臺灣中部的日月潭南側，沿途青翠蒼鬱，雜草叢生，很少有人走。從潭邊眺望，可以看見四周青山綿延，就像一堵綠牆。此刻我身在山中，周遭的森林變得愈來愈濃密。我在蔥鬱的林蔭中尋找橡樹、矮栗樹、樟樹和山毛櫸的身影，但步道旁長滿了蕨類植物和野芋，枝幹上沉沉披垂著我不認識的藤本植物，除了下層林木外什麼都看不見。這片植群在步道上空盤結，形成一條陡然爬升的綠色隧道。我努力在繁茂蕪雜的森林中尋找一點秩序和脈絡。

認識物種是我讓思緒平靜下來的方式之一。我天生就很健忘，常常記不得別人的名字和長相；唯有花時間描繪植物，在紙上畫出葉片線條，用筆墨反覆書寫草木名稱，我才能真正認識它。學漢字也是一樣；儘管寫出來的字很醜，我還是會寫好幾遍。要是沒有時常複習或使用，我就會忘得一乾二淨。我畫出枝葉，寫下名稱，但大多事都不記得。

我微顫著雙腿繼續往前走，扶著附近的樹幹穩住身體。潮溼的樹蔭讓原本舒適的溫度變得悶厚凝滯。我開始心浮氣躁。一隻蒼蠅在我身邊嗡嗡打轉，好像期待我隨時倒在蕨類中死去似的。我腦中閃過一個誇張的念頭，覺得自己真的會死在這裡。我不該獨自一人走這條步道的。這座山區不是兩三下就能摸熟，也不屬於我。我來自一個幅員更廣、天氣更冷的國家，住在當地的森林，那裡的人會把糖漿煮沸滴在霜雪上做成冰棒，而不是從山坡上的甘蔗榨取蔗糖。我不適合溫暖的地帶，正如我母親不適合嚴寒的國度。我說著破碎的語言，遇見的人都只認識一半的我。我的世界一分為二。

森林把我團團包圍，感覺好像是衝著我來。

我從小到大受的教育不斷灌輸這種人類中心主義，認為人類超越自然，森林無法為人類的困境提供解答。但這座山如明鏡般映照出我的誤解，彷彿只要了解它的本質，就有機會在這裡找到歸屬。我想在盤根錯結的樹林中找到一條撒了麵包屑的路。雖然上氣不接下氣，心中仍懷著渴盼，希望能在林線之外看見一片有著清澈天空，掛著澄淨明月的空地。尋得某種理解。

我沿著上坡路段前進，最後終於抵達坡頂，忍不住眼眶泛淚。在步道半途的山腰上有片高原，覆蓋著寧靜翠綠的林間空地。空地沉默不語，生長其上的高大植群隨風搖曳，不太適合鳥類棲息。那些不是樹，而是一株株保持適當間隔、莖稈粗壯的禾草植物。我穿過縫隙，就像昆蟲越過草地那樣。那些青翠的莖柄比我高了三倍，擺盪的葉片閃爍著點點橄欖綠光。空地遼闊而寂靜，竹子以極快的速度繁衍，根狀莖橫向蔓生，扎進地底，難以忽視的高度令人暈眩，濃密的竹林不斷朝四面八方擴展。步道一旁堆著被砍下的斷竹，我不禁納悶，怎麼有人能爬這麼陡的斜坡來拿這些竹子。

幾個月前，我的華語老師用紙筆寫下「竹」這個字。她一邊在六道細細的筆畫旁標上數字，讓我知道筆順，一邊複誦筆畫名稱：一撇，一橫，一豎，然後再一撇，一橫，一豎，鉤。我在筆記本上反覆描摹，畫下竹字的細長莖桿，寫了又寫，在紙頁上種出了一片竹林。

此時此刻，我噘起嘴唸「竹」這個字，下巴隨音調升高而抬起，可是發出來的音不對。我又試了一次，不斷調整發音，直到音調正確、直到走得氣喘吁吁，挫折感逐漸消散。

林間空地的盡頭有座小小的觀景平臺。我可以看到自己爬了多高，走了多遠。階梯從湖盆蜿蜒而上，吞噬了前半段登山步道。從平臺遠眺，只見薄薄的雲層在湖泊與天空之間畫下一道可見的縫隙，灰白的水氣懸於對面的群峰之下，冰藍色的日月潭水濱盡收眼底，凹沉的曲線四周環繞著蔥鬱的森林。

雨珠開始滴滴答答落下，我再度踏上山徑，前往那座自林木間隆起的山脊。雨水讓岩架下的苔蘚恢復生氣，半裸在外的樹根和岩石漾著微光。我抓著步道旁那些磨損的繩索，攀上覆著紅金色土壤的山坡。這一刻，除了挺直身子繼續往前走外，其他都不重要。我越過長達數百公尺的斜坡，胸口因喘氣而起伏不止。周遭的樹上繫有許多登山客留下的絲帶，我緩步行經這座崇敬高山的林地聖殿，抵達山頂。這裡的森林跟我期待的不一樣，到處都是劈砍的痕跡和亂石，頂峰幾乎被草木湮沒。我繞著海拔標界轉一圈，望著來時的路線，失望地邁步下山。

我扶著山徑旁的樹幹，沿著突起的樹根往下走。每踏出艱困的一步，光滑的樹皮都會為我指明方向，過去登山客留下的磨損手印再再標示出下山的路。我返抵那片竹林，竹節上的指紋閃著翠綠的光澤。

森林並沒有伸出援手。我筋疲力盡，左膝酸痛，跌跌撞撞地走過平坦的路段，內心的恐懼愈來愈深。右側的樹葉隨風搖曳，莖稈間傳來了一陣陣低沉不斷的窸窣聲。我環顧四周尋找聲音的來源，一顆心怦怦狂跳。這時，林蔭高處再度傳來奇怪的聲響，一隻體型跟兒童差不多的褐色公獼猴在竹林間盪來盪去，緊盯著我不放。那張看起來像人一樣橫眉怒目的圓胖小臉發出低吼，逐漸逼近。獼猴的領域性很強，這種叫聲無疑是威嚇與攻擊的前兆。我僵在原地動也不動，不曉得該怎麼辦，只能盡量擴肩挺胸，讓自己看起來很高大，同時慢慢後退，像遇到熊一樣。與此同時，獼猴也停止動作，目光緊緊鎖定，仔細觀察我細微的一舉一動。我退了幾步來到安全範圍，立刻轉身拔腿就跑，頭也不回。

我的膝蓋陣陣抽痛，眼眶滿是淚水。我究竟想找到什麼？心裡的感受澎湃翻騰，卻難以言喻。我無法用習得的語言涵括這片森林，聲稱自己了解它。我想認識這個地方，尋得一點熟悉感，可是沒那麼簡單，也沒那麼容易。我一跛一跛回到城鎮上，看著湖面上的雲層散去，天空從暗灰轉為清藍。水社大山依舊籠罩在雲霧下，對於我穿過它沉重的山脊無動於衷。

我研究天氣預報、軍事歷史和相關期刊，建構出一幀圖像，以承繼而來的文字轉譯和詮釋。日軍連續數月對中國東部發動空襲，炮彈的聲響有如刺耳警報中低沉的詠嘆調。一九三七年，炸彈於夏末酷暑中轟擊南京，在南方城市的陽光下爆炸，一直持續到秋季陰雨時節。

盧溝橋事變發生時正值七月盛夏，引爆中日雙方第一場全面戰爭。外婆的生活一如既往，時光在讀書、縫紉和家族企業間流轉。一千公里外的北京戰場於她而言似乎遠在天邊。

但戰爭還是來了。雨水濡溼的十一月逐漸轉冷，即將進入十二月，外婆全家準備離開南京。他們像多數人一樣帶著能帶的必需品，徒步踏上通往西部、泥濘擁擠的道路，最後逃往安徽，來到我曾曾外祖母家，他們是當地的農村地主。當年外婆才十三歲，一心一意想快點長大，成為一名現代女性。短短幾天，戰爭的殘酷便讓這個簡單的念頭變得茫然費解。

外婆告訴我的故事穿插了一些空白，可能是她不願提及或徹底忘卻的片段。那些串起戰爭年代的環節形塑出她的青春歲月，讓我更了解她何以會是這樣的她。中日戰爭橫跨了外婆的青少女時期，強行走進她的生活，直到她二十歲才慢慢遠離。沒多久，內戰的混亂再度來襲。假如當時的情況不同，後來的她會是什麼模樣？

外婆描述的回憶斷斷續續。他們全家逃走了，但我不知道那是日軍進城多久以後的事。她從未談起南京發生的一切，可是她不願意坐日本汽車，也很討厭日本電子產品，常用拒絕消費的行為排解憤怒的情緒，所以我很小就隱約察覺到事情的嚴重性。外婆會講日語，但我從沒親耳聽過她說半句日文。

二十二歲那年，我第一次坐下來探究背後的原因。我去大英圖書館借了一堆關於第二次中日戰爭的書，裡面的內容讓我雙手顫抖，胃不停翻攪。我走進社會科學閱覽室，找了一張安靜、靠近後窗的書桌，這樣悲傷來襲時還能保有一點隱私。我沒料到那段歷史居然如此沉重；中國人民遭到大屠殺的描述讓我憤慨不已，隨後湧現的哀愁更讓人窒息。

褪色照片上浮著模糊不清的影像，來不及逃離的婦女張開雙腿倒臥在地，肚破腸流，就連懷中的嬰兒也難以倖免。剛被斬首仍直立於地的無頭屍體；半埋在地被軍犬活活咬死的人；遭刺刀刺死的屍體堆積在道路兩旁；平民被當成玩物強暴後丟棄。讀到外婆永遠無法表達的文字時，我只覺得害怕，幾乎不敢觸摸書頁。

外婆在回憶過去，提到那段年歲時，我記下了兩個片段。一個是她在乾燥的午後跑過田野，飛機的嗡嗡聲愈來愈近，大家都急著找掩護。外婆身穿鮮豔的橙色旗袍，所以沒有人想靠近她，怕被日軍看見。她和其他人一起衝向避難所，旗袍如信號彈掠過地面。多年後我回憶起這段故事，媽媽只聳聳肩說：「外婆就是這樣，想做什麼就做什麼。」

另一個我只記得一些零碎的情節。外婆和兩名陌生女子小心翼翼穿過頹毀的房屋，一陣嘈雜聲挾著混亂傳來，日本士兵來了。外婆壓低身子，躲在房子另一邊的石牆後面。她很幸運，但士兵的喧鬧，刺刀刺穿柔軟肉體的聲音，另外兩名女子死去的映像，就這樣跟了她一輩子。

我無法探知事實的真相。那些戰爭中的微小片刻並沒有寫進這些書裡。軍事檔案、援救中國平民的西方人所撰寫的日誌，都沒有記下外婆口中的故事。這些只存在於她張嘴痛訴暴行的那瞬間。

要怎麼樣才能證實記憶？

木

我蒐集地圖，標出外公在中國內陸的移動軌跡，用拇指和食指測量距離，從東鹿舊寨村、北京、保定、石家莊，再沿著西南方到貴陽，往四川的方向前進。我搜尋那個年代的地圖，想知道他走過哪些路。他的信勾畫出一幅我永遠無法探知的地理圖像，一片伴隨他一生的土地。

中華民國陸軍軍官學校又稱「黃埔軍校」，曾兩度遷址，從孫中山時期的廣州遷至蔣介石時期的南京，中日戰爭爆發後又遷往成都，動線反映出國民黨政府的政策，隨政治風向轉變於全國，縱橫交錯，他們走過遙遠的距離，在地圖上畫出一個倒三角形。外公那一代人的生活始終動盪不安。幾年過去，戰火依舊未熄。

此前中國空軍軍力薄弱，主要仰仗一支名為「飛虎隊」的美籍志願大隊。外公成為飛虎隊學員，由於當時飛機、武器和人力皆投入軍事發展，學員的資源相對貧乏，訓練設備也很有限。外公談到那些訓練過程似乎經過巧妙設計，以提升人員的敏銳度。他腦海中的回憶歷歷如新。

有一次他獨自駕機，起飛後不久，另一架飛機逐漸靠近。根據他的描述，飛行有一定的規則：「必須隨時注意四周環境，不能離別架飛機太近」，因此只要那架飛機靠近，他都會拉開距離，怎知該名飛行員窮追不捨，他只好在原地盤旋，不確定對方這麼做是否有其他原因。原來追機的人是飛行教官，想告訴他駕駛的飛機右輪於起飛途中損壞。外公冷靜回想受訓內容和降落在崎嶇地帶的方法，靠著一個完好的機輪順利著陸，螺旋槳只壞了一組。

自此之後，外公便深得小組教官青睞。他不但是優秀的學生，更是可靠的飛行員。兩週後，教官在晚點名時宣布航空委員會決定頒給他三十銀元獎金。外公晚年於記憶中遊走，筆帶笑意寫道：「直到今天，差不多過了六十年，我還沒收到這筆錢。」

飛虎隊的好成績引起各方媒體關注，許多人都對國內外飛行員的技能很感興趣。然而，日本空軍令人膽寒，中國必須培養屬於自己的軍力。一九四二年十月，飛行學員登上C-47運輸機，踏上一場危機四伏、穿梭各國的旅程。他們越過巍峨的喜馬拉雅山脈，降落在加爾各答，踏上橫跨印度次大陸的漫漫長路，從加爾各答搭火車前往孟買，登上美國巡洋艦，航向紐約。為了躲避U型潛艇，他們循Z字形路線駛過浩瀚的海洋，以打牌和練英文打發悠長的白晝，摸黑度過夜晚。由於擔心受到攻擊，即便身處茫茫大海，卻連點火抽菸都不行。

他們從紐約搭火車前往亞利桑那州，那裡有許多專門用來培訓外國飛行員的機場。外公被派往鳳凰城東南方約四十八公里處的威廉斯空軍基地（Williams Air Force Base），在口譯人員與美國飛行教官指導下接受高級飛行訓練，隨後又前往科羅拉多州學習駕駛B-25轟炸機。整場戰爭中，他都得和這架飛機為伍。

一九四三年五月，正式結訓的外公被送往邁阿密，登上軍用運輸機前往巴西，再飛往巴基斯坦。喀拉蚩（Karachi）的馬里爾小型機場（Malir Airfeild）是中國飛行員的最終站，他們會在那裡完成編隊和戰技訓練。一九四三年十月，中美空軍混合團（Chinese-American Composite Wing）成立，外公終於返回中國。

我開始翻閱相關紀錄和歷史書籍，尋找他執行的任務和證據。我寫信給退伍軍人團體和檔案館，雖然很難查明具體細節，但還是有得到一些日期、照片或腳註等線索，再加上網路上有些空軍迷提供飛機、基地和飛行編隊等詳細資訊，這些讓我慢慢拼湊出外公在梁山基地的歲月，而渲染著它們的，是外公的話語，是滲透他一生回憶的心碎和疲憊。

我找到一本介紹中華民國空軍的舊書，裡面有張 B-25 轟炸機折頁圖。機艙可容納四人，包含飛行員、副飛行員、轟炸員和後方的射擊士。我在網路上瀏覽老式飛機和美國空軍作戰訓練的剪輯片段，這些很有可能是外公當初看過的畫面。插圖和影片提供了許多細節，但大部分對我來說毫無意義。我意識到，若不了解那些飛機，就無法了解外公的信，軍機和他飛越的地域一樣重要。歧管壓力和滑流的原理艱澀難懂，我只能仔細欣賞駕駛艙、刻度盤和操縱桿，這些設備建構出他熟悉的風景。他的信讓我明白狹小機艙中的生活樣貌，周遭空氣稀薄，一個小小的錯誤就可能帶來致命的後果。

勤務繁忙的梁山空軍基地位於四川，大致落在中國中部，鄰近日本控制的地區，戰略位置至關重要。中國空軍以此為中心點前往北部和東海岸執行任務，有時還會飛過臺灣上空。外公印象最深的就是從梁山出發的飛行片段，不曉得他有沒有駕機飛掠那座未來將成為家的島嶼？

基地讓長時間離開家人獨自生活的他與同袍建立起深厚的情誼。他和另外四名飛行員同住一間宿舍，在這種朝夕相處的距離與不間斷的壓力下，誠如他所言，「沒有時間浪費在吵架上」。戰爭的現實主宰了他們的人生。

一九四五年三月，他們接獲命令，展開一項曠日費時又極其危險的任務，準備鎖定從北京出發的南北縱貫鐵路，逐步拆除其上的橋梁和鐵道，擾亂交通路線。轟炸機以黃河上的鐵路鋼橋為目標，在戰鬥機護航下朝東飛去。橋架沿線部署了許多高射炮，外公和戰友以編隊之姿飛行，三分之一的飛機不幸被擊落，不少人葬身黃河，他的室友中只有兩人逃過一劫。

狹窄的梁山基地裡，時日變得模糊不清；戰爭接近尾聲，轟炸機隊奉命執行長時間且往往致命的任務，低飛掠過雲霧和煙硝，投下炸彈，一刻也不得閒。倖存者無法將自己和死於戰火的人區分開來，這是外公記憶中刻得最深的痛。這些失喪挾著苦難和悲傷——生者活著，卻像死了一樣。

死神近在咫尺。外公駕駛B-25轟炸機飛越熾熱的河南平原，採菱形編隊轟炸日本坦克。午後熱對流是當地常見的天氣型態，他必須集中精神解決由此產生的熱亂流。飛機在空中搖晃顛簸，轟炸員因而暈機，在機艙大吐特吐。機頂槍塔的射擊士立刻衝下來查看情況；突如其來的騷動讓外公大發雷霆，喝令對方回到自己的崗位。就在這個時候，機壁傳來一陣金屬撞擊聲。

他們成功降落，機械士和情報軍官反覆檢查機身，發現飛機被日本高射炮擊中，直接打穿機頂槍塔，從另一邊射出來。若不是因為那場混亂，射擊士就會坐在那裡遭炮火襲擊。

同一段時期，外公的飛機在鄭州上空突然遇上電池故障，電子指示器、儀表板和操控裝置紛紛失靈。他在信中寫道：「我只能靠P-51戰鬥機保護，降落在最近的西安機場，其他隊員則繼續飛行。」過沒多久，他就接到噩耗，機隊隊長撞山墜毀，沒有回到梁山。天空下起滂沱大雨，外公和組員只能等待機械士抵達，才有辦法返回基地。

與此同時，其餘五架B-25轟炸機飛往重慶加油、裝載彈藥。回程途中，所有人都命喪四川山區。要不是飛機電池故障，外公可能也會死。

戰爭即將結束，最殘酷的轟炸還在後頭。屆時外公會再次往西前進。

軍令從喀拉蚩傳來：他們需要一位B-25轟炸機教練。外公逃過多數同袍的命運，於戰事中倖存，並接下空中運輸部隊的新職務，成為C-47運輸機飛行員，接送上海空軍基地的中國國民黨領導人。

未來幾年的內戰中，國民黨的領土會逐漸縮小，最後僅剩中國東南沿海附近那座島嶼。

水

名詞｜由氫與氧化合而成，無色無味的

液體；江河

臺灣海峽是一道動盪不安的疆界，

也是移民遷徙的走廊。

8

河流向外蔓延，探入大海，數位地圖皮膚下布滿青藍色靜脈。皺褶起伏的群山逐漸趨緩，成為平原，大大小小的溪河交織其間。我伸出手指點著地圖，盡可能數算河流數量。當然，多到數不完，由於解析度有限，我只算出一百二十九條，有些細小到看不清楚。我的指尖在認識的河川上游移，標出入海的地方。

這麼小的島竟然有這麼多河流，讓十七世紀初來乍到的人驚訝不已。根據郁永河的說法，溪流和谷壑多到數不清，光是從臺南經過今日的臺北，到北部硫磺山區，就跨越了九十六條河，其中有許多水流湍急，形勢極為險惡。到了十九世紀，河況變得稍微平靜一點；一八六四年，郇和向英國皇家地理學會報告自己乘坐平底船沿淡水河進行一趟短途旅行，若遇上河床乾涸的情況，就必須用力拖船，不過他也寫道，「高山積雪融化和暴雨過後，那些激增的水流會化為洶湧的急湍，推動前方的一切。」

我追溯到幾條河流的源頭，包含南部的恆春半島、灰窯北部（注入基隆河）及能高山區。如今有許多河川偏離原來的路線，有些匯集至水庫，有些趨於乾涸，變成潮溼的河床，等待季風降臨。純淨的河水到了下游變得混濁不堪，夾雜著大量汙水、溶劑和廢棄物汩汩流向海洋。臺灣工業蓬勃發展導致河流情況急速惡化，儘管近幾十年來有所改善，環保人士依舊非常重視水汙染的問題；一九九〇年《紐約時報》（*The New York Times*）報導指出，由於水中毒物濃度實在太高，部分河川已經「宣告死亡」。島上的江河承載著經濟命脈，長度大多不到一百公里，環境汙染縮短了它們的生命。

即便如此，這些溪河仍甜美地從山峰流淌而下。登上能高越嶺道前往奇萊山那天，細細的陽光自雲隙間灑落，空氣中飄著一絲暖意。

我們在一座三層白色瀑布前停下腳步，碧色池水在底下漾著波光。我們沿著小石堆往下爬，鑽進山間狹縫，能高瀑布的轟隆聲吞沒四周，翻滾的水花打上冰綠色池潭，激起淡淡的漣漪。想到一路背著沉重背包和爬山後依舊冰冷的四肢，我立刻脫下外衣，穿著內衣褲開心滑進水潭，拖著腳走過岩地。潭水很深，我就這樣在海拔約三千公尺的清澈寒冷中自在泅泳。

河水流到下游盆地，形成一條涓涓小溪，注入霧社河和萬大水庫，流進臺灣最長的濁水溪。這條河是臺灣的南、北地理分界線，水脈往西延伸，流進日月潭的水力發電用水庫，灌溉面向臺灣海峽、肥沃的西部平原，滋養著水稻、甘蔗和西瓜。濁水溪字面上意為「水質混濁的溪流」，除了夾帶許多泥沙順流而下，河床不時龜裂乾涸，造成沙塵暴問題外，溪流本身也受到水泥工業和沿岸築壩的嚴重影響，但源頭的水依舊清澄。

據說這條河過去曾叫「清水溪」，當時雲豹仍盤踞群山。山區有個農夫從雲豹爪下救了一隻兔子，兔子便送給他一位妻子當回報。有一天，妻子被一群強盜襲擊，農夫在搏鬥中將強盜推落懸崖墜河而死；盜匪的鮮血染紅了河水，清水河自此變得汙濁不堪。在另一個當地人仍記憶猶新的民間傳說中，只要社會發生巨變和災難，濁水溪就會變清。據傳十七世紀荷蘭殖民者戰敗，以及一九四五年第二次世界大戰結束，臺灣脫離日本統治，溪水都變得很清澈。大自然就像一面鏡子，映照出臺灣島民的命運。

七孔瀑布位於遙遠的南方，源頭自恆春半島和中央山脈間的山隙湧現，從森林蒼鬱的峰頂往下流。下游頭幾個池塘匯聚成一條小溪，探入岩石嶙峋又不起眼的地下水渠，一路流入大海。七孔中的第四個「孔」就在一座岩架上，陡降至下方水潭。

我記得有一次跟媽媽、姊姊在那座山潭裡游泳，雨滴無精打采地落在濃蔭上。我們來到略微混濁的藍綠色水潭，蒸騰的水氣自上方隱蔽的岩架溢散而出，飄向另一座岩架。我們母女三人一起跳下去，在直徑不超過二．五公尺的桶形深潭中上下浮動。

我漂向下游瀑布，爬上附近的淺灘，讓沖擊而下的山澗從我指間奔湧而過。水流在瀑布的永恆撫觸下趨於平緩，野游者可以攀上光滑的岩石休息，享受片刻寧靜，欣賞下方翠綠的山谷。群山簇擁著遼闊的天空，偶有鳥兒在白雲間翺翔。我們是在秋末時來南部，將近秋季大遷徙的尾聲之時。

在那座山潭泅水時，我看見媽媽臉上洋溢著喜悅。這些年來，她走過離婚，看著我和姊姊長大成人，獨自在加拿大小心翼翼生活、工作、去公園慢跑、為自己做些簡單的飯菜，失去的、惦念的一定很多。過去幾年我一直在蒐集、檢視她以前的照片，想看看自己能否找出我們的相似之處。小時候很明顯，當時我的眼睛顏色比較深，一頭黑髮又直又長，手臂跟她一樣瘦，看起來就像個華人。然而隨著時光推移，我的肩膀變寬，臉頰開始泛紅，眼眸顏色也淺了許多，身高更是遺傳到威爾斯的親戚，現在我比她高了好幾公分。但在那山間野池和笑顏中，我感受到她的快樂，也在她臉上看見了一點我的模樣。

對許多國家來說，第二次世界大戰結束是重建的開始，但是在中國，也揭開了內戰的序幕，回到清朝末年和五四運動以降的緊張局勢。過去聯合起來抵抗日本的國民黨和共產黨又回到敵對狀態。

歷經五十年的日本統治，臺灣再次回到中國政權治下。一九三〇年代以來，中國就飽受通貨膨脹之苦，一九四五年後更是急遽惡化；臺灣的貨物和日用品不斷運往中國大陸，大量紙幣一發行就立刻貶值；貨幣最好能換成如鹽巴等價值更穩定的商品。

某種程度來說，部分地區稍稍恢復了以往的生活。一九四六年，金陵女子大學復課，外婆回到南京讀書，修讀會計，並在老家住了一段時間。雖然他們離開的那段日子，宅邸內部裝潢剝落殆盡，留下許多彈孔和煙燻破壞的痕跡，牆垣卻熬過戰火摧殘，得以留存於世。

後來她進入空軍總部擔任祕書，開始跟一個有親戚在香港的同事約會。共產黨贏得了這場戰役，但外婆的家人遲遲沒有意識到社會變遷，他們的地位岌岌可危。一九四九年一月，許多公務人員離開南京，外婆也安排好渡臺計畫，打算在二十五歲生日前幾天出發，進入臺北空軍基地工作，希望能在戰爭中找到一個安身之處。

她要爸媽一起走，但他們不肯。

「離開？」她母親提高音量，「要是離開就什麼都沒有了，我們一定會餓死。」當時中國的情勢對許多人來說顯而易見，可是她的父母不相信。成千上萬人做好最壞的打算，準備逃離大陸，外婆的男友也匆匆前往香港投靠家人。

以後見之明而論，我實在不懂為什麼一個資源勝過許多人的商賈和地主之家看不清未來走向。外婆帶著母親替她縫在腰帶上的金條，準備獨自離開。她高舉雙手不斷轉圈，讓母親用俐落的針線將豐厚的財富纏裹在她腰上，接著便來到長江河畔，登上前往臺灣的船。

媽媽把她從外婆那聽來、關於這段日子唯一的故事告訴我。

碼頭上人山人海，所以外婆很早就到了。她把行李放上船，在擠滿旅客的甲板上找到自己的位置，準備踏上新的旅程。她不想離開，可是在政府機關和軍隊辦公室工作這麼久，傳遞了這麼多戰事消息，她知道自己非走不可。她靜靜等待，看著別人踏回乾爽的陸地，看著其他乘客上船。一位朋友與她結伴而行，同樣帶著「希望臺灣安全」的心前往臺北；有人陪伴讓她感到些許寬慰。

成群旅客與家人道別，殊不知這一分開就是一輩子。周遭喧鬧吵嚷，外婆不得不扯開嗓子與朋友交談。他們幾乎找不到地方站。這時，或許是個奇蹟，她瞥見人群中有個熟悉的身影，拖著彎曲的腿蹣跚走向碼頭，腋下還夾著一盒丹麥奶油餅乾；這是外婆的最愛，或許也是為人母想再見女兒一面，多說一句道別的藉口。看到母親步履維艱地走向河畔，外婆慌了。

「我要下船，」她說，「我要留下來。」

她的袋子被埋在其他乘客的行李下，根本找不到。她衝向船邊欄杆，不顧一切想回到岸上，大喊著要船晚點出發。

「妳永遠找不到的，」她的朋友說，「我們走吧。妳很快就能回來了。」

她的母親瑟縮身子站在碼頭上，手裡緊抓著閃亮的金屬餅乾盒，凝望即將啟航的船隻。外婆沒辦法下船，只能在嘈雜的人聲中徒勞地對著母親大喊，眼睜睜看著海岸線愈來愈遠。這是她最後一次看見母親，也是最後一次看見中國。

木

一九四五年後的歲月模糊不清。字裡行間看似探向回憶，最後卻只尋得零碎的片刻，不完整，也失了根。句子驟然截斷，簡單帶過他進入民航空運隊（Civil Air Transport，CAT）貴賓運輸團隊，接送國民黨官員穿梭各大城市的日子，又回溯到與日本對戰最後幾個月，在喀拉蚩訓練戰鬥機飛行員的時光，一切疏落散亂，繞著前幾頁提到的內容、段落和字句打轉。外公生病了。有時提到他高燒不退、全身發燙，認為自己會死於瘧疾，有時又神智清明，堅忍泰然。只有透過媽媽的註釋，我才能重新拼湊出這個故事，在紙張上轉瞬即逝的思緒中找到一絲敘事線索。

從外公筆下的暗示可以看出他認為國民黨政府內部腐化敗

壞。有朋友建議他寫一部當代《官場現形記》（一本揭露清末官僚醜態、激憤人心的晚清小說），但他只想專注於飛行任務，希望自己能成為與同儕不一樣的人，拒絕向下沉淪，不受金錢與權力誘惑。他寫道，「我在接送高層那些年得知一些內幕，但我不想昧著良心收受賄賂，也不願屈服於貪婪。」

民航空運隊流傳著一句話：「引擎一啟動，金條隨後來。」對許多人來說，載運黑市商品賺取利潤是很大的誘惑。

「小曹，你為什麼不做生意呢？大家都在做啊。」一位飛行員問外公。

「別人做買賣大概不會有事，但若換作是我，可能會吃牢飯。」

後來，

「小曹，你為什麼不做生意呢？」

「我怕貪欲會蒙蔽我的良心。」

信件末尾，外公問了一個問題——「我人生中這段時日是不是就像那句諺語說的？生死有命，富貴在天。」一九四七年，他決定接下臺灣的職位。

9

臺北夜，我和友人相約吃炒麵和白菜滷當晚餐，某個朋友的朋友介紹夏琳給我認識。她是臺裔美國人，出生在離我母親老家不遠的地方。她有一種我常覺得是自信的超然態度和冷嘲式的幽默感。席間我得知夏琳在臺北長大，當時是一九八〇年代，也就是我家人離臺後幾十年。我被她深深吸引，彷彿她掌握了我們不知道的一切。一部分的我很羨慕她那些年能待在臺灣。我認出她身上那種短暫來去的過客感，我大半輩子都在這樣的轉瞬無常中度過，於不同的國家間往來穿梭，以她而言，就是往返洛杉磯和臺北。她和我一樣，身上也帶著海外生活留下的肢體和語言痕跡，音量、姿勢、小動作、我們這些在別處安家的人總是不由自主地透過言行舉止揭露自我。

夏琳告訴我，雖然她在加州時常登山健行，卻很少探索臺灣的戶外環境。幾天後一個乾爽的早晨，我們便往東踏上旅途。我們打算去基隆山，一座草木濃密、可以俯瞰東北角海岸的山峰。可是一到九份，就發現天空烏雲密布，下起毛毛細雨。遊客撐著傘穿過蜿蜒的老街和雨篷，爬上狹窄的階梯走向小吃攤，雨衣閃爍著點點晶亮。我和夏琳拉緊兜帽，邁開大步走過小巷，皮膚經過雨水洗禮變得溫和柔軟。我們在山腳下檢查鞋帶，開始沿著不規則的石階往上爬，看著雨水自山坡傾瀉而下，流向港埠和大海。

半山腰勉強看得見山城九份，再過去是基隆曲折的海岸線，遠方則籠罩著雨幕。淡淡的燈光在灰暗的天色下閃爍，海陸邊界染上一層朦朧的塵霧。

我們沿著階梯來到上坡路段，夏琳開始聊起健行完可以去吃哪些美食，像是輕盈鬆軟的芋圓和熱薑湯，還有撒了香菜的花生捲冰淇淋，讓我有點分心。九份因其燈火通明的老街巷弄而廣受遊客歡迎，據說這是宮崎駿電影《神隱少女》的靈感來源。在那個故事中，一個女孩失去親人，自己也去了靈界。

最後一段臺階領著我們穿過山嵐，霧氣濃到看不見彼此的身影。我們徑直踏入雨雲，登上飄著濛濛白霧的山頭，腳下的厚雲將我們與底下的大海隔離開來。東北部是季風的走廊；冬季風雨由東海襲來，掠過這座島嶼。雲層一度將我們輕擁入懷，我和夏琳頂著透骨的寒風站在那裡，什麼也看不見。

一九四九年，外婆與成千上萬名大陸同胞坐船來到位於這座山以西的基隆港。基隆在不斷變化的國家命運中扮演引進的窗口，為一些人帶來毀滅，也為一些人帶來繁榮。一九四五年，國民黨任命陳儀擔任臺灣省行政長官，負責治理相關事務。這座島走過數十年的日本殖民統治和一場許多臺灣人加入日軍的戰爭，有人認為，聲稱臺灣已從日本手中「解放」出來是不夠的。

一九四五年後那段過渡期，來自大陸的中國人與臺灣本土居民間的關係日益緊張，國民黨從中國派出額外軍隊，將無數臺灣人和新來的大陸移民貼上共產主義者標籤，或是監禁，或是處死，沒有警告，也沒有審判。抱持不同政見的人、知識分子和遭控為共產黨間諜的民眾紛紛失蹤，大量屍體在基隆港和臺北的河川上漂流。

臺灣在國民黨統治下歷經長達三十八年的戒嚴時期，是人類史上第二長的戒嚴令，僅次於敘利亞阿薩德政府。外公和外婆住在臺灣並於空軍服務、擔任公務員這段期間，言論自由依舊受限，直到一九八〇年代才有所改變。

來臺後不久，外婆在臺北的生活就變得有點像例行公事，略為平淡乏味。她繼續在空軍擔任電傳打字機作業員，從電報中提取資訊，解碼訊息。她和其他女同事一起住在大安區的宿舍，閒暇時就到熱門的空軍酒吧打發時間，在美國唱片的樂聲下啜飲威士忌，大多數飛行員都曾到國外受訓，很喜歡這類歌曲。其實外婆偏愛上海流行音樂和情歌，但她很高興能在難得的悠閒夜晚找到一些樂趣。

一九四九年四月二十二日晚上，大陸局勢發生劇變。國民黨的長江防線淪陷，政府倉皇撤離。共產黨人民解放軍逐步進逼，隔天早上便隨興踏入當時的中國首都南京，宣布接管這座城市。據報導，共產黨未經激烈戰鬥便輕鬆占領南京，為了拍照留下歷史紀錄，幾天後還刻意安排，捏造軍隊浩浩蕩蕩入城的畫面。

南京戰敗的消息經由電傳線路傳到臺北，化為電子捲軸紙帶上的字符。外婆緊抓著訊息，想起母親四個月前在碼頭蹣跚而行的樣子，差點無法呼吸。職員驚慌失措，辦公室一片混亂；外婆不曉得該怎麼辦，只能焦急等待，盼著家人的音訊。

消息終於傳來，外婆的母親擔心她的安全，建議她去香港找阿姨和姨丈。這一次，外婆總算順從母親的意思訂了機票，當週就飛離臺灣。

故事走到這裡，外婆的記憶變得模糊不清；這並不意外，戰爭的動亂本身就是混沌的根源。六十年後，外婆跟我分享自己前往香港的經歷。當時的她常受病痛折磨，雙眼因白內障而蒙上一層薄翳，嘴裡發黃的牙齒也全數脫落。那麼久以前的事，她還記得多少？真正想說的又有多少？

她在沒有告知空軍單位的情況下前往香港，卻發現阿姨已經搬到上海。這個決定令人費解；一個月後，上海峰火連天，國民黨政府於六月慘敗，共產黨解放軍攻下上海。孤悽無依的外婆於九月回到臺北，進入總統府擔任國民黨領導人蔣介石的祕書，並在不久的將來遇見外公。

我和夏琳搭乘當地的小火車前往望古。望古月臺就座落在寬闊的基隆河步道旁，最近幾天雨勢趨緩，但北部仍籠罩著濛濛薄霧。我們穿著雨衣，覺得自己所向無敵。天燈承載著人們的希冀和願望，從鄰近的十分飄上天空，被風吹滅，慢慢墜入森林。我們沿著南邊的巷弄走，在跨河橋上遠眺；天燈優雅的飛行姿態突然被黑煙打亂，墜落在遠方的風景裡，丘陵間覆蓋著軟趴趴的化學塗層紙，祈願的遺骸散落各處，天燈紙罩和鐵絲纏繞在樹枝上，看起來就像加了裝飾的鳥巢。

我們跟著水聲穿過錯落有致的岩石，行經野芋和杜鵑花叢，穿過東北部溼氣氤氳的森林，尋找瀑布祕境。沿著蜿蜒狹窄的小路走了幾公里後，我們發現一道短小厚實、爬滿苔蘚的階梯，便沿著臺階往下走。雨已經停了，瀑布發出無線電雜訊般的轟鳴，將水霧送入潮溼的世界。臺階盡頭是一條小溪，清水從底下奔流而過。灰窯瀑布從上方懸崖湧出，落入寬闊的碧綠色水潭，激起滾滾水花。我們在平坦的岩石上休息，我脫下衣服，浸入相對溫暖的溪流裡。

之後我們坐在臺階旁看著流動的河水，從中覓得片刻寧謐。偶有一隻翠鳥劃破靜定的風景，鮮豔的橘和藍綠色彩襯著朦朧的白色天光。

攻讀博士學位期間，我曾到倫敦漢普斯特德荒野公園（Hampstead

Heath）內的女性專用池（Ladie's Pond）進行實地考察，採訪野游的女性，她們常主動跟我分享自己第一次看到翠鳥的經驗。許多人深受翠鳥吸引，覺得這些鳥兒讓她們學會愛這座池塘。可是我去那裡游泳游了好幾年，從未捕捉到牠們的身影。

我看著牠在小溪對岸跳躍盤旋。夏琳循著我的眼神望去，但牠就像閃爍的霓虹燈一樣快速飛走。在遙遠的世界彼端，一個山丘經常蒙上霧白的國度，我終於看見飛翔的翠鳥，忍不住綻出笑容。

我是在和外婆邊錄音邊聊天的過程中，從她的嗓音裡窺見了她和外公早年的生活。

那是一九四九年底，國共內戰結束前不久。週六夜晚，辦公室裡所有女孩相約去跳舞。外婆本來要去找朋友，但拗不過其他人苦苦哀求，只好答應。

大家湧進舞池，隨著音樂盡情搖擺。外婆覺得很尷尬，一個人坐在舞池邊看著她們；與此同時，外公也獨自坐在舞廳另一端。我努力想像害羞的他鼓起勇氣，走過去請外婆跳舞。

「他不太會跳舞，」外婆坦言，「但很風趣。」

外公的話不多，只是側耳聽外婆談論自己，「我很喜歡吃巧克力。」她邊講邊坐下，聊起她的工作、家人和她喜歡做的事。外公一句話也沒說，逕自起身離開。

外婆的朋友都知道他是飛行隊隊長，立刻跑過來問外婆怎麼了。

「我也不知道。」外婆不確定自己是不是做錯或說錯了什麼。她繼續喝著飲料，看朋友在舞池狂歡。

半小時後，外公拿著一大袋形狀各色的綜合巧克力回來，有些是牛軋糖，有些包著焦糖內餡。他說他前一天去海南省出任務，順道買了這些甜食。

他問外婆有沒有想要其他東西？過幾天他要去海外出差，能買的他都很樂意幫忙採購。但外婆懷疑他別有用心，一口回絕。過去幾個月的波折讓她痛苦難當。她的朋友興高采烈地下訂單，請外公幫她們帶羊毛衣料、縫紉工具和糖果。

幾天後，外公返回臺灣，捎來一個小包裹，裡面有幾塊布料，一些給外婆的朋友，還有兩塊是他替外婆挑的。她慌張地告訴他，自己手邊的錢不多，沒辦法買下這些料子。幾個禮拜前，她聽說中國的家人受饑餓所苦，便把母親當初給她的金條裝箱寄回南京。在她看來，外公的慷慨近乎愚蠢。

「而且我不喜歡空軍飛行員，」她脫口而出，「他們沒受過教育，我不想為蠢笨的男人煩心，」接著她又補上一句，「我喜歡銀行家。」

外公搖搖頭，說他不求榮華富貴。接下來幾週，他只要進城就會聯絡外婆，約她吃晚餐。八個月後，一九五〇年，他們舉行了一場簡靜低調的儀式，結為連理。

外公的軍旅生涯使他們夫妻倆經常分隔兩地，幾年相聚，幾年別離。早年我母親還沒出生前，他們住在高雄郊外的岡山，外公在附近的空軍官校擔任教官。房屋是兩層樓的水泥建築，過去曾是日軍宿舍，很容易聽到別家的動靜，他們就這樣在鄰里情感關係緊密的眷村中生活。對外公來說，這種親密感想必再熟悉不過。他把地板漆成酒紅色，點亮居家環境，還在花園裡種了香蕉。但這種前所未有的貧困讓外婆難以適應，怨恨與日俱增。他們以簡單的白米和豆芽菜為食，很少吃肉、豆腐或雞蛋。「這就是為什麼打從我有記憶以來，外婆就不吃豆芽菜。」媽媽說。我笑了起來，腦中浮現出購物中心美食廣場的蒸籠盤、郊區餐廳湯湯水水的快炒料理和溼溼的炒飯。我小時候一直以為華人本來就不吃豆芽，是廚師為了迎合北美口味才加的；事實上，純粹因為外婆內心的憤懣和不滿，家裡餐桌上才總不見豆芽菜。

10

臺南位在廣闊的沿海平原。馬路緊攫住光線，散發陣陣熱氣，柏油在豔陽炙烤下冒出裂紋。微鹹的海岸就在附近，空氣瀰漫沙粒、鹽巴和濁水的氣味。廢氣和煙霧隨風飄散，為平原香氣添了些化學成分。

紅樹林沿著內陸水道繁生。貽貝殼海岸與大海間的細縫變幻莫測，難以捉摸。臺灣西海岸的紅樹林生長在鹽水浸潤的潮間帶，位居陸地和海洋邊界，是臺灣海峽拂掠中國大陸前最後一片綠地。

我能感受到潮汐在這片中間地帶起落的力量。

該區平原早在數個世紀前就被砍伐殆盡，推往內陸，沒有茂密的森林覆蓋。當時這個地方看起來一定很不一樣。叢林一度往海岸蔓延，紅樹林帶與相思樹林雜聚叢生，無患子和紫扇花勾勒出海岸輪廓，森林盤踞在大海和山脈之間，形成緩衝地帶。十九世紀中葉，郇和來到臺灣，據他所言，這片土地「幾乎完全沒有樹」，種植作物的平原與山區的「原始森林」截然不同。光禿禿的山麓雜草蔓生，豬和野兔在平原上漫遊，不像群山有鹿群和鳥兒增色。充分灌溉的平坦低地構築出一座農業伊甸園。如今平原地區主要用於農漁牧業，大部分沿海森林已不復見。

然而，人類渴望植群。樹木悄悄回到城市，點綴著道路邊緣，在陶製花盆中茁壯，爬上每條後巷的棚架，繁盛之姿絲毫不減。公園裡矗立著幾棵枝葉濃密的大榕樹，盆栽裡繁花盛開，九重葛攀上建築的角落，水泥叢林中的緬梔樹從磚牆探出頭，清透的綠葉與斑駁的灰色道路形成強烈對比。流浪貓在大街小巷遊蕩，尋找餐廳的殘羹剩飯或數百年前由荷蘭人帶至島上、神出鬼沒的鬼鼠。

我懷著小小的希望來到海岸線。我已經習慣將天空和大海視為界限分明的對立概念，但西部平原模糊了這些分野。海水隨著波浪在岸邊起伏吸吐，鳥兒俯飛而下，點綴著淺灘。希望我夠幸運，能看見黑面琵鷺。

我沒有賞鳥所需的耐心，但牠們存在的痕跡隨處可見，稍縱即逝的歌聲和飄落的羽毛就是最好的證明。臺灣藍鵲——這些有翩翩長尾的山林之女身穿優雅的藍色套裝，戴著黑帽，鳥喙豔紅如火，將城市綠地啄食得乾乾淨淨；黑冠麻鷺在落日餘暉下的公園昂首闊步，籠中的鳴禽在小巷裡高聲歌唱。城市中的飛鳥給了我一點信心。

臺灣的鳥類就和植物、昆蟲一樣充滿多樣性。常見的白鷺、裏海燕鷗和中杓鷸出沒於候鳥遷徙中途棲息點等特定的海岸地區，比較罕見的則有瀕臨滅絕的小青足鷸；秋冬兩季，淺灘上還會聚集許多黑面琵鷺。

現在是十二月。獨自在臺灣住了兩個月讓我多了幾分自信。我騎著腳踏車蜿蜒穿過陽光熾熱的臺南小路，路過烤雞蛋糕、拿長勺舀珍珠加進茶飲的攤販。我在車流中使勁踩著踏板；這臺腳踏車是單齒輪傳動式的，體積龐大，重到難以操控。我花了點時間才穩定下來，找到自己的節奏，在濁重的呼吸間順暢前行。前晚風聲於低地呼嘯了一夜，我在睡夢中都能聽見窗櫺裡的玻璃喀喀作響。現在來到大馬路上，情況也沒有好轉。周遭的機車和陣風揚起陣陣灰塵；我戴上墨鏡保護眼睛，暗暗希望風勢會減弱。

十公里後，我騎到臺南外圍，建築物逐漸消失。這座城市在水域附近弓起，形成由水庫、潟湖和運河組成的半封閉式格局，往外延伸至大海。狹窄的巷弄與泥灘縱橫交錯，腳步輕快的螃蟹在地面上留下細小的足印；琵鷺在臺江追逐潮汐。我出發前看了一下天氣預報，中午會漲潮。

我抵達海岸，淺水處有許多養殖牡蠣的竹製浮棚。我停在海浪拍打灰灘的地方，兩架戰鬥機劃過雲際，細細的聲響與疾飛的身影不同步，吸引我抬頭仰望天空。白天不時會看見這些戰鬥機兩兩成對掠過天際，引擎的嗡鳴喚醒了我心中的懷念和追憶。外公在一九五〇、六〇年代曾飛過這片海岸，如今這條遙望大陸的海岸線依舊每天都有人員巡邏。

沒多久，戰鬥機的聲響就被蟬鳴和風聲吞沒。我甩甩陷入潮溼沙灘的腳，將腳踏車從狹長的帶狀沙地牽到柏油路上。寬闊空曠的道路橫貫廣袤的四草溼地，平日漁民會聚在這裡釣魚、嚼檳榔，絲絲釣線從橋上陡然落下。我追逐潮汐，跨過大橋，來到城市和前方水域間那道看不見的邊界。

臺江國家公園集水產養殖場、鹽田、河口和七股潟湖於一身，無論怎麼看都是個奇怪的地方。七股潟湖是一片內海，過去也是停靠船舶、發展漁場的絕佳地點，但就和臺灣許多溼地生態系統一樣，水域面積隨著時間急遽縮減。來訪前幾週，我反覆查看地圖上的藍色區塊，想知道由水域和綠地交織而成的景觀會是什麼模樣，但衛星影像只顯示出一道碧璽般繽紛剔透的漩渦。我騎著腳踏車進去，發現這座國家公園沒什麼華麗的景致，而且很少人知道它的存在。

我沿著腳踏車道騎過海濱，在星羅棋布的魚塭和海水間穿梭。腐朽的建築綴著鐵絲網，空空的藍色塑膠桶翻倒在地，養殖漁場間的小徑上散落著繩索和塑膠繩。這片位於河口的土地長期用來發展漁業，不久前才成立國家公園以保護沿海地區，避免工業發展造成的衝擊。臺江平原訴說著魚類、飛鳥、植物與人的故事。

三百多年前，荷蘭東印度公司在安平附近建立據點，名為熱蘭遮城，並以臺灣西海岸當成防禦據點和貿易港口，耗時數十年企圖征服在地原住民，驅逐在北部建立要塞的西班牙人。就在這段期間，荷蘭人依循印尼的養殖方法，將虱目魚引進臺灣。當地居民開發出許多新的菜色，以蒸、炸或煮粥的方式來烹調，該區就此以美味的虱目魚而聞名。近四十年後，鄭成功和明朝遺臣攻臺驅逐荷蘭人，據傳他們還收到虱目魚當禮物。虱目魚養殖業就這樣透過魚塘和內海鹽田逐漸擴大，蓬勃發展。

人類在形塑世界的過程中也形塑了其他物種的未來。全球有超過一半的黑面琵鷺聚集在臺江曾文溪口過冬，於豐饒的漁場間覓食，捕捉棲息在淺坪虱目魚塭淤泥下的魚苗和小蝦。然而，數十年來的工業發展逐漸吞噬溼地，許多埤塘都變成深水物種的棲地，對琵鷺生存構成極大的威脅。一九九〇年代初，黑面琵鷺的數量急速減少，只剩三百隻，於是被列為極度瀕危物種。

全球六種琵鷺中，只有黑面琵鷺面臨這樣的危機。牠們涉水進入人類無法觸及的地方，不少琵鷺在朝鮮半島的非軍事區找到落腳的家園，夏天在沒有人類入侵的沿海平原上繁殖，再從那裡飛往南方，循著東亞海岸線來到臺灣和香港度冬，絲毫不在乎人類世界時好時壞的國際關係與政治紛擾。正如臺灣詩人劉克襄所寫的，牠們是「北方森林／在南方的海岸棲息」。大自然將人類的界線縫合在一起。

黑面琵鷺被列為瀕危物種的同一年，臺南居民發起群眾運動，抗議在七股潟湖建立工業園區及開發輕油裂解廠、煉鋼廠和石化煉油廠的計畫。

經過將近二十年的選舉、政治角力和公共辯論，臺江成為臺灣第八座國家公園，向北延伸到七股鹽田，往南觸及四草溼地。隨著覆滿河口淤泥的潮埔覓食地受到保護，黑面琵鷺的數量也大幅增加。根據二〇一七年的調查，目前大約有四千隻黑面琵鷺。

這條西部海岸線目前仍面臨劇烈的變化。七股潟湖過去一度是片廣大深邃的汪洋內海，足以讓荷蘭船隻下錨停泊，但十九世紀初的暴雨和地震導致水域被淤泥堵塞；十九世紀中葉，英國地理學家來臺展開地形調查，抱怨臺灣港口太淺，船隻被迫停靠在離岸約三公里處。如今這座潟湖是隨潮汐起落而存在。發源自阿里山的曾文溪從中海拔地區一路流向大海，但上游築壩攔截了大部分泥沙。從前，這些沙子會流出溪口，將海岸線往外推，但溼地的形成過程停滯不前，再加上海平面逐漸升高，海岸線因而愈來愈後退，而不是隨著河流沉積物向外擴張。

像四草這樣的溼地不僅是重要的防洪堤，也是阻擋風雨的天然屏障，而紅樹林和溼地植物更是「碳匯」倉庫，能捕捉、儲存二氧化碳。數千年來，碳在潮間帶樹林的泥灘中不斷積累，一旦這些植群消失，碳就很容易向外釋放。森林和琵鷺一樣需要空間，沿岸建築讓紅樹林無法朝內陸推移。若沿海地區開發過度，森林面積就會減少；海平面上升幅度太大，森林就會被海水淹沒。潮間帶的紅樹林就像守護家園的邊防部隊，隨時都有可能身陷危險。

氣候變遷、颱風、豪雨、土石流、洪水和地震都讓臺灣的處境更加艱困。西部的濱海寺廟和墓園開始出現海水倒灌的問題；更令人擔憂的是，臺灣大部分化工廠都位在這個脆弱的低窪沿海地區，而島上規模最大、鄰近臺中的火力發電廠長久以來都是全球最大的二氧化碳排放來源。小小一塊耗竭的土地不僅是琵鷺等鳥類的庇護所，更承負著無數石化工業、養殖場和城市。紅樹林無法遏止人類的足跡向外擴張。

我繼續前進，像隻潛鳥不時將目光從腳踏車移開，抬頭凝望埤塘和點綴在蒼翠深林間的紅樹林。鹹鹹的海浪氣息瀰漫四周，蓋過了偶爾自紅樹林飄出來的硫磺臭味。腐爛的魚和海風的味道劃破蒸騰的熱空氣，夾雜著一絲細沙清香。我穿越綠色隧道，經過漂浮著圓葉的水圳；要是可以下水，不曉得葉片間的水波會閃爍著哪些翠綠色調？

我騎上一條通往內陸的岔路，在魚塭和稀疏的公園綠蔭間緩速前行，水邊佇立著一根又一根繫纜樁。坐在腳踏車上可以看到樁柱另一邊，一直望進臺灣海峽，白色浪花溫柔拂過淺灘，沙洲讓西側打來的波濤趨於和緩，退去的潮水泛著閃耀的灰和魚鱗的銀，看起來比我想的更靜謐。

我在埤塘間疾馳，不忘注意周遭環境。巷弄雖窄，卻不算難騎，只是偶爾必須拐彎穿過綠油油的草澤。海鷗像飛行員一樣抓住氣流，在池塘上方乘著風悠哉翱翔，觀察是否有魚從幽暗的埤塘深處跳出水面，戰鬥機也不時掠過天幕。

我在濃密青翠的灌木叢邊捕捉到牠們的身影。我緊急剎車，盡量保持安靜，不想發出任何聲音。一路上我一直提醒自己注意白色的鳥，黑面琵鷺的特徵就是雪白羽毛和湯匙狀的黑色長嘴，辨識度很高。眼前這些鳥雖然有白色羽翼和黑色鳥喙，卻聚集在沿海樹林裡，感覺不太對勁。我拿出手機查看鳥類名錄，發現那是黑頭白䴉。牠們泰然自若地坐在隨風搖曳的木麻黃樹梢，枝葉被鳥群壓得低垂，誇張的弧度看起來有點好笑。不遠處有幾隻黑翼紅腿的高蹺鴴涉水走過淺灘，沒多久就被一大群沿著水濱翩翩起舞的同伴包圍；牠們一同飛上天際，一同俯身下降，就像一條拋物線劃過天空，底下的藍綠色池塘映照出淡淡的倒影。我看了好一陣子，拍了一張沒用的照片（牠們的舞步太快，我的業餘鏡頭捕捉不到），再度踏上旅程，很高興能看見水泥粉塵飄揚的埤塘和灰暗的海洋間有生命的蹤跡。只是琵鷺還沒現身。

寬闊的內陸運河有股鹽巴的氣味，我沿著水泥路前行，身體被冬日陽光烤得好暖。地圖上連續好幾公里沒有交叉口，我繼續往前騎，注意到自己已經出來快三個小時了。潮汐很快就會有所改變。我細數閃現的色彩和亮光——白鷺、鸕鷀、燕鷗——在半路上喘口氣，來到一座光澤閃耀的嶄新鋼橋前，橋面上鋪著施工落下的灰塵。我停下來解讀告示牌，卻只看得懂日期，原來這座橋昨天才開通。手機地圖上跳動的藍點標示出我當前的所在位置，可是沒有橋。我咧嘴一笑，騎上那座還沒有長度紀錄的橋，想像自己在衛星鏡頭下如飛行般掠過水面，跨越模擬世界和現實世界間的鴻溝。

另一邊的埤塘和道路比目前看到的疏落許多，讓我一度懷疑自己是不是走錯路。我往左轉，地圖上顯示出一條細狹的綠色路線，還有一座小碼頭和一條運河，沒有路通往如棋盤般的埤塘區。我決定掉頭，再次橫越大橋，一直騎到下一條往北的岔路。我口好渴，離曾文溪還有一小段距離。

我停下來喝了幾口被太陽曬溫的鋁箔包冰茶，這時，後方傳來一陣機械運作的隆隆聲，一名機車騎士笑著向我打招呼，露出檳榔汁染紅的牙齒。他粗壯的手臂上布滿汗珠，頭上罩著一條和襯衫同色的鈷藍色毛巾，腳上那雙高筒防水靴還沾著溼溼的埤塘淤泥。我獨自一人毫無防備，內心冒出許多疑慮。他嚼著檳榔，用中文跟我說話。

「妳要去哪裡？」

我鬆了一口氣，這句我聽得懂。我開始用零零落落的詞彙說我在找琵鷺，但還沒講完就突然打住，因為我不知道黑面琵鷺的中文怎麼說。我一邊強調「鳥」這個字，一邊比手畫腳模仿寬大的鳥嘴，拍動手臂一兩次，尷尬地等他回答。

他哈哈大笑，指著前方的路告訴我要小心，那邊有狗。狗，另一個我聽得懂的字。他發動機車，說他會陪我騎過去，直到遠離那些野狗。在地居民都知道牠們會追路人，但那些狗認識他。我有點困惑——如果是在其他地方，我一定會覺得這個提議有鬼——但我點點頭表示同意。我們開始並肩騎行，他在機車噪音中大聲問問題，能回答的我盡量回答，要是不曉得該怎麼回應，就用「我中文很爛」這個理由搪塞過去。

「妳怎麼會來這裡找鳥？」他問道。我用有限的中文能力解釋黑面琵鷺瀕臨絕種，用力強調每一個音節，「沒有多少」。他指指後方，認為我應該會比較喜歡那座精雕細琢的廟宇，還說那些鳥很難看到。

我們從幾隻野狗旁經過，牠們吠了幾聲，好奇地小跑步衝到路邊，然後掉頭離開，一副不感興趣的樣子。我們騎上大馬路，一輛笨重的水泥車疾馳而過，嗆得我咳嗽連連。這名男子又指指寺廟的方向，接著往右轉，對我揮手告別。此時又有兩輛大卡車隆隆駛過。我猶豫不決，有點沮喪，不太想走這條車多又塵土飛揚的路，可是騎了這麼久，只瞥見少數想看的鳥……我決定放手一搏，飛快踩著踏板沿路肩前進，好跟上車流的節奏。

突然間，我瞄到兩條車道外有個小身影，灰綠色淺塘閃過一絲白光。我緊急剎車，身後揚起一團塵土，等其他車停下來立刻加速飛奔。魚塭邊有條雜草叢生的水溝，我把腳踏車停好，往水濱走去。我動也不動地站著，凝望大約三十五公尺外的鳥兒。牠低頭啄著淤泥走過淺水處，像搖頭娃娃一樣左右擺動。我心裡浮現肯定的答案。牠舉起彎曲的黑腿笨拙地越過泥灘，孑然一身站在那裡，跟我想像中的鳥群畫面不一樣。牠晃著鳥喙戳戳地面，旋即抬起頭，整張臉就這樣呈現在我眼前。黑色的鳥嘴尖端成圓形，看起來就像一支湯匙，那寬扁的曲線就算隔這麼遠也不會弄錯。是一隻黑面琵鷺。

我目不轉睛地注視著牠，就像這隻孤獨的海鳥，不受來去的車流影響。牠沿著魚塭走了一小段路，大快朵頤一番，接著又走回去，移動距離不超過九公尺。有隻白鷺在魚塭另一角觀察四周，等待時機低頭啄食。池水幾乎都排光了，這是漁民和自然保育組織間的協議，希望能在冬季虱目魚收成後為琵鷺創造出一個更好的棲地。

我舉起相機按下快門，皺眉看著觀景窗裡的模糊白點，內心的快樂和雙腿的疲憊一樣濃烈。租來的笨重腳踏車立著停車架，隨著卡車經過發出震顫聲。親見琵鷺，讓我心滿意足。

木

外公的信沒有提到外婆。她的缺席格外顯眼，彷彿他試著在字句間抹去痛苦背負了幾十年的人事物。他們夫妻感情並不親密，總是在小平房裡各做各的事，也很少一起吃飯。外婆的臥室比較大，外公則睡在後面的小房間。每當她滔滔不絕地高談闊論，他都會保持沉默。

媽媽出生後幾年就和外婆一起搬到臺北，住在大安區一間小公寓，外婆在當地公家機關擔任祕書。不過只要學校放假，媽媽都會南下到岡山空軍基地找外公，跟他一起住幾天。有段時間，外公駐守山巒起伏的嘉義，六〇年代又改派西北部沿海的新竹，除了提供飛行員諮詢和指導外，也非常關心他們的日常需求。就這樣，二十年過去了，關於這段日子，直到書信末了，他幾乎什麼都沒寫。

我之前看過一張老照片，是外公在岡山訓練F100戰鬥機飛行員時拍的。身穿飛行制服的他站在一架戰機前，帶著裝備，一隻手拿著頭盔，臉上乍看毫無表情，但仔細端詳可以發現一抹淡淡的微笑，還有刻在額前的皺紋。也許他在翱翔天際間找到一絲安慰。

幾年前一個清朗的日子，我搭上前往臺灣的航班，飛越中國。醒來時，燦爛的陽光灑落在底下的紅銅色山坡，河川蜿蜒流過乾燥的大地。我想像年輕的外公沿著熟悉的航線駕機飛行；飛過這個曾是家族歸屬的地方，感覺一定很奇怪。我這才意識到，此番失去對外公而言是多大的打擊。他這一生再也沒踏上這片土地。

不過，外公在內戰結束遷往臺灣前，曾有一次從空中俯瞰老家：

帶領民航空運隊駐守在上海那段日子，每次從上海飛往北京，或從北京飛往上海，我心裡都有種奇怪又難以形容的感覺，而且是在航程中某個特定的時間點出現。我很久以前就懷疑那裡是我們的家族田宅。有一次我趁機上沒乘客俯衝而下，想看看那是否真是我們的老家，我們的老村莊。

我從大約兩千四百公尺下降到九十公尺左右，果然是我們家沒錯。屋宅坐東朝西，南邊有座小廟和一棵槐樹，田地在村莊邊緣，東北方是家族墓園，祖先和親愛的媽媽在那裡長眠。

母親的愛銘刻在我心上，此後再沒有人讓我感受到這種幸福。正如唐朝詩人元稹寫道：

曾經滄海難為水，
除卻巫山不是雲。
經歷過滄海之深廣，目睹過巫山的雲霞，便不再以別處的水雲為美。
想到母親的愛，我初來世上感受到的第一份愛，想到不能履行子女的責任好好照顧她，我就覺得很愧疚。我沒辦法回家，沒辦法灑掃祖墳。我深深體會到孔子此言背後的痛：
樹欲靜而風不止，
子欲養而親不待。
樹想靜止，風卻不停颳動枝葉；兒女想孝養雙親，父母卻不在了。

11

十三歲那年，我升上八年級，英文老師要大家讀加拿大作家威廉·貝爾（William Bell）的《紫禁城》（*Forbidden City*）。這是一本青少年小說，內容描述一個加拿大男孩和他的攝影師父親記錄天安門廣場示威的故事。這是我們在學校裡讀的第一本，也是唯一一本書寫中國及其文化的書。我熬夜翻閱書頁，讀得津津有味，想知道班上另外兩名華裔學生是否也有相同的感受，但他們來上課時依舊如往常一樣帶著青春期的調調，安靜而冷漠。

這並不是我的家族故事。我從未去過中國，對這個國家所知甚少，只知道我們跟其他家人從大陸移民來的學生有些不同。我的家人早已離開中國，始終無法回鄉。

歲月悠悠，最後只剩下這封信和電話帳單。一個臺灣號碼，一個中國號碼。

媽媽一連數月不停撥打那支中國號碼，沒有人接。雖然每次都無法接通，她還是抱著姑且一試的心情堅持下去。兩個月後，電話通了，話筒那端是個名叫董平的女人。

媽媽從沒聽說過董平這個人。她們倆開始斷斷續續地談話，了解彼此的生活情況，將共享卻已磨損的歷史絲線一縷一縷拉梳理清。原來董平是她的表親，外婆的外甥女。

媽媽最擔心的事終獲證實。外婆的姊姊和姊夫都是老師，再加上出身富有的地主之家，被當局指控為資本主義者和反動分子，夫妻倆最後被送往勞改營服刑，像許多人一樣長時間在偏遠地區做苦工，於監禁中死去。他們的財產被沒收充公，家裡的生意也關門大吉。我想起外婆用手數著那些商鋪，不曉得她當時還有哪些事猶豫沒說。那些年，董平都跟外公外婆（我外婆的父母）住在南京。

外婆離開南京後，她母親每天都拖著蹣跚的腳步走到大路盡頭，盼著女兒歸來，就這樣持續了四年。她的父親每天下午都會坐在那裡，腿上放著一個丹麥奶油餅乾盒，裡面有一疊外婆兒時的照片。外婆有三個兄弟姊妹，一個遭舉報；一個輕生；另一個——她的弟弟——活了下來。

由於臺灣與中國之間的通航受禁令限制長達數十年，那些逃亡來臺的大陸民眾無法返回熟悉的祖國。許多人留在臺灣避難，相信有一天或許能重返家園。這個夢想既強大又殘酷；數百年來，臺灣承繼了各式各樣的語言、文化和智識遺產，繼而與中國有所區別，國民黨政府卻極力抹煞這種複雜性，臺灣島實現民主自決的幻想逐一破滅。民眾於日常生活中禁用臺語和日語，臺灣再次面臨歷史改寫的命運，島上的遺緒如今屬於中國，屬於海峽彼端那個政府喊著要反攻光復，卻無人能踏足的祖國。

政治移民、流亡者、殖民者、大離散（diaspora），對外公和外婆這一代來說，過去有很多種字詞形貌，每個都蘊含一點真相。近幾十年來，人類學家與社會學家試著探究這些人失所、錯位的身分認同。一九九二年前，籍貫（以祖居地為本的身分）一直是一種合理、合法的身分類別，但我母親那一代乃至往後的世代，許多大陸移民後裔愈來愈認同自己「既是中國人也是臺灣人」，有些人更脫去中國標籤，認為自己就是臺灣人。

「明確表達自我身分」本應是件簡單的事，但不願放棄與故土的連結，以及與大陸隔絕了七十年的現實，讓這件事變得複雜難解。

個人眼中的真相往往藏形於自選的語言，但我們使用的詞語都會帶來一定的影響，傳達出忠誠、共同歷史、傷害和損失。我小時候聽過如「臺灣才是正統的中國」或「來自臺灣的中國人」之類的話，也不覺得有必要了解箇中含義。「選擇」這件事讓我難以招架，感覺不太舒服，好像自己是沒有固定形狀、難以歸類的事物。現在我終於明白，我這種泰然自若其實是距離、白皙皮膚和容貌特徵賦予我的特權。我不知道小時候家人為什麼不帶我回臺灣，我也從來沒問過，始終以英國和加拿大雙公民身分遊走世界，將人生投放到這些參考架構裡。我覺得要自稱臺灣人或中國人的問題太複雜，常認為自己有太多名字、太多家，而且沒有一定的排序，選用這個就等於抹除另外一個，直到外公罹患阿茲海默，直到他撒手離世，我才開始思考這件事。

一九八〇年代，臺灣與中國大陸之間的旅遊禁令終於解除，但外公外婆從未回鄉；他們離開的那個古國，他們盼望重返的家園，早已不復存在。外婆這一生未曾提起心裡的痛，但傷口確實赤裸裸地在那裡。外公的家人早在一九四九年前就失散了，任何民族主義都無法讓過去重來。他渴望回去的家，是他小時候跟在母親身邊做飯的爐灶。他很久以前就失去了那個棲所。

關於過往，我大多是從書本、小說和歷史研究中點滴蒐集、拼湊而來。家人很少談起從前的事，這點可以理解。在外婆的錄音檔和外公潦草的筆跡中，過去的時光充滿痛苦與私人情感，他們的靈魂彷彿存在我體內，跟著我踏上臺灣，準備落腳在我發現的地方。

巧遇琵鷺後，我回到了下榻的合院式住宅。這間房子座落在臺南大學區一條靜謐的小巷盡頭，有三層樓高，狹窄的階梯通往可以平視路燈的頂樓。我沉沉睡去，夜風吹過窗櫺格格作響，直到我從白翼鳥的夢境中醒來。牠們就像夢中生物常會見到的那樣，化身為其他東西，變成沾滿糖粉的翅膀和一堆又一堆的甜奶油。夢裡的我在尼加拉瀑布當地一家有粉紅磚牆的麵包店，小時候外婆常帶我去那裡。她站在店裡欣賞一盤墊著襯紙的天鵝形奶油泡芙，彎鉤般的金黃色脖子自軀幹延伸出來，棲息在烘焙坊的金色托盤上，於冰箱中靜止不動。外婆帶著微笑遞給我一個泡芙，然後我就醒了。

屋裡一片寂靜。清晨五點，淡青色暖意剛於天空中漫開。我拿起相機再次研究藍色背景下的白色小點，我知道那是一隻琵鷺。我不斷放大，直到能看見黑色鳥喙的輪廓。牠飛了大約一千六百公里，來到泥濘的埤塘過冬。

我想起女海神媽祖的傳說。她的故事有很多版本，如洶湧的大海變幻莫測。其中一個廣為流傳的故事提到，媽祖原是個年輕女孩，名叫林默[1]，出生於福建漁民家庭。有一天她到寺廟參拜，觀世音菩薩賜給她預知未來的天賦。林默的能力愈來愈強，開始預見家鄉沿海島嶼何時會受狂風惡浪侵襲。有一天，她在織布時看見父親和弟弟在暴風雨中溺水的異象，便進入恍惚的神遊狀態，到海上拯救家人。她母親看見她在織布機前睡著，連忙把她搖醒，結果她父親就淹死了。

另一個故事中，媽祖會穿著紅色衣裙在岸上守候，像燈塔一樣將水手引回安全處；也有一說是她為了尋找失蹤的父親，游泳數日後溺

1 譯註：媽祖的姓氏為林，相傳其出世後逾月不啼哭，因而取名為「默」。文獻或有記為「默娘」，但「娘」為舊時對單名女子的通稱，故媽祖原名實為「林默」。

水身亡，村民聽聞她的孝心無不稱頌；郁永河版本的媽祖傳說則提到她在夢中會像鳥一樣飛到海上，拯救遭逢海難的水手。據傳林默死後登上最巍峨的山峰，在霧氣繚繞下得道升天。

所有故事都將媽祖描述成一個面對浪濤的年輕女孩。她住在世界邊緣，棲於海湧之間，直到被濃霧吞沒。身為一個愛游泳的人，我被她深深吸引。

臺南是通往臺灣的門戶，位於臺灣西部最突出的岬岸下方，面向中國眺望臺灣海峽。除卻當今兩岸因政治衝突和軍事對峙處於緊張局勢，掐住海峽不談，大自然本身的力量就足以讓橫渡「黑水溝」變得危險重重。媽祖傳說盛行的時代，臺灣海峽濃霧瀰漫，船隻隨時會被翻騰的湧浪包圍，航經此地等於跟大海搏命。

清曉時分，我沿著鎮上一條狹窄的小巷往前走，穿過建築工地，發現陰影中佇立著一座鋼梁拱壁支撐的媽祖廟。門口的壁畫早已褪色，廟宇內一片幽黑，只有火光搖曳的神壇劃破黑暗，媽祖就坐在那閃爍著金色光芒。我站在廟裡端詳媽祖莊嚴凝定的眼神，寬寬的顴骨微亮，燈光映照出神像的輪廓。一位受粗鄙水手崇拜的年輕救世女神，臺灣有近千座廟宇供奉她。

臺江地區光澤閃耀的泥灘延伸至大海，每到冬季，就會有尋覓這片海岸的候鳥飛來，點綴其上。這些海鳥是否像媽祖一樣在臺灣海峽上空飛翔？我看過一張琵鷺遷徙走廊地圖，上面有漫畫式的箭頭描繪出中國、日本、韓國和臺灣海岸線，然後越過東海，指向臺灣海峽。飛候鳥的活動軌跡涉過鹽灘，踏上陸地，隨著潮起潮落而沖刷盡淨。飛越這些險惡之地的遷徙過程決定了牠們的生存命運，就像媽祖一樣，臺灣海峽的黑水對牠們而言不是障礙，而是走廊，是季節之間浸潤著陽光和鹽分的通道。

有天下午，我心血來潮前往柏林圖書館，找出一堆中國與臺灣文學作品。其實我一直很好奇，也許是因為外公在信裡引用了一些語句，穿插了一些意象，這些都來自他年輕時讀過的文字，我這種馬虎的華語幼幼班永遠學不會那些華麗又變化多端的中文。外公的信不時提到元稹、沈括等名家，行文中夾雜著難以溯源的古諺。他海綿般的學習能力讓我大感驚訝，沒想到外公竟然能在日常書信中談及早已作古的畫家、哲學家、人名和格言。過去由於語言障礙的侷限，我從沒聽過他引經據典。我們的對話都很簡單、很日常，大多是長輩向孫女表達關愛之語，或是煮飯、吃飯時聊的話題。他只說需要說的話。根據我看到的情況，外公晚年並沒有埋首書堆，但不知怎的，這些古語在他心智退化之際仍烙印在他腦海裡。我貪婪地翻閱這些書（裡面的文句更精確），開始列出想研究和翻譯的文本。

有些典籍著眼於大自然，例如兩千年來一直很受歡迎的《山海經》，可以從神話、宇宙學甚至是小說的角度來解讀。《山海經》問世後的一千年內，不少人都認為它是上古世界的縮影，是有根據的遠古地理探勘紀錄。這部經典的創作人不詳，但從某種意義上來看，作者可說是一位遊歷甚廣的博物學家，或至少他從中國各地居民那裡搜羅到奇物異俗、山川形勢等資料。人們正是在這樣的文本中探究中國領土的概念，包含「海內」和「海外」兩區，像過去的臺灣就屬於後者。《山海經》是植物學與動物學知識寶庫，裡面介紹了許多珍禽異獸，有些怪誕到像神話裡走出來的活物，有些是該書有記載，但現在已滅絕也沒有紀錄的物種，有些則是當今世人未知的生物。此外，書中還對植物進行分類，像是可以散結消腫的植物、防止迷路的花卉，以及具壯陽功效或讓人聽力靈敏的草木等，並描繪出遠古地形圖，山區還有許多未知的動物群。儘管這本書與當今所謂的科學相去甚遠，撰著過程仍隱約透出科學方法的痕跡。

沈括的《夢溪筆談》是一本自然界觀察雜集，內容涵蓋了天體運動、河流作用和用以描述這些現象的語源學等。沈括對岩石的研究先於現代地質學，除了記錄石化的植物和化石外，他還敘寫磁力和磁極、老鷹的影子，以及它們如何隨著太陽移動而變化。

其中有篇文章講述一群軟體動物的故事。有個漁夫在河床上捕撈到這些軟體動物，牠們像魚鱗一樣層層堆疊，成為一個整體。漁夫撬開貝殼，發現裡面有一卷完好如新的佛教典籍《金剛經》，由於受到鈣化貝殼保護，經書得以不受河水浸蝕。我邊讀邊想，人類世界如此短暫，倏忽即逝，很容易被大自然吞沒，我們的命運與自然界息息相關。人類自認的「文化」不過是我們切分出來的大自然片段，再像珍珠那樣用殼包覆起來，留給後代子孫。

接著我轉而探索臺灣本土文學。這類作品最初是為了回應日本統治而誕生，並藉由這樣的方式維持自身與中文之間的連結。透過這些現代作品，我發現臺灣文學經常與山川風景畫上等號，無論是從原住民還是漢族的角度來看，臺灣島嶼文學皆長期聚焦於這片土地，山林構成了山下城市的背景。鄉土運動在戰爭時期逐漸式微，但一九七〇年代又再度出現，形式也隨著黨外反對運動興起（這波運動後來更催生了民進黨）而有所改變。

文學自此成了一種展現臺灣獨特文化認同的方法，與坎坷的殖民歷史直接衝突。臺灣新文學傳統作家反對臺灣文學只是「邊陲」書寫的觀點，追求自主創作。為了使臺灣認同去中國化，不少人以日本殖民時期為論據，主張臺灣文化遺產與中國不同；結合了政治鬥爭、民主與自然為這類文學作品的特徵。

某天早上，我來到臺南市中心一個交通繁忙的圓環旁，走進國立臺灣文學館。我本想參觀臺灣文學史常設展，卻發現大廳裡掛著一面以森林為色調的大型橫幅，導向一間更暗、更小的展廳。原來是臺灣自然書寫特展。

展廳裡展出許多文學作品，可追溯至美國自然書寫，與我所知的自然書寫傳統截然迥異。展品中可看見瑞秋．卡森（Rachel Carson）和亨利．梭羅（Henry Thoreau）的影子，英國浪漫主義色彩少之又少。我發現臺灣自然書寫很貼近現實世界，舉凡散文、詩歌和故事，都與行動主義密不可分。我讀到的文句微妙卻字字真確，雖然許多作品都在談論「失去」，又不流於輓歌般哀悽。這類文學的早期作品主要探究臺灣環境損害情況，作家韓韓與馬以工於一九八一年刊載的《我們只有一個地球》就是一例。這些文學創作在林業摧毀臺灣山岳、城市快速發展之際，深刻描寫自然科學，散發出一種豐沛的能量，不同於我熟習的英國自然書寫式甜美散文。

群眾抗議與行動主義使涇地得以受到保護，我外祖父母時代的臺灣絕不可能有這種事。一九四九年到一九八七年的戒嚴期間，使用雙筒望遠鏡很容易被指控從事間諜活動，光是賞鳥就可能讓你惹上麻煩。但隨著民主化運動在南韓和中國（即六四天安門事件）等地興起，政治風向開始轉為民主，在地社區推動的行動主義也蓬勃成長。經濟發展對臺灣各地公共規畫的影響與日俱增，解嚴更促使臺灣環境運動萌芽，保育組織和賞鳥協會相繼成立，涉及自然與行動主義的文學創作進入盛期。

參觀完臺灣文學館後，我找了一些資料來讀，並寫信給在地作家的譯者，發現臺灣自然書寫很少轉譯成英文。我為這些作品深深著迷。卑南族作家巴代（Badai）寫下將種植小米的祖傳土地賣給城市陌生人的故事，描述農民用洪流和樹木記錄水位的過程。我搜尋劉克襄的詩作，閱讀文學教授兼鱗翅目昆蟲迷吳明益的小說。臺灣山林的細節就刻印在書頁上，蟄居在他們的文字之間。

劉克襄在〈美麗小世界〉（Small is Beautiful）[2]一詩中探溯大肚溪上游，看見溪口有濱鷸、田鷸和小鴨，也有白鷺、擁擠的工廠和廢棄物。他筆下的河川往回、往上流淌，經過燕子和翠鳥，江鳥在密林枝葉間飛舞。詩句攀抵山區，探向水源，鷸鳥的身影再次出現。他

2 譯註：收錄於《千曲之島：臺灣現代詩選》（*The Isle Full of Noises*），由當代著名詩人張錯（Dominic Cheung，本名張振翱）編譯，繁體中文版（爾雅出版社）與英文版（New York: Columbia University Press，紐約哥倫比亞大學出版中心）皆於一九八七年出版。

寫道，一群群鳥兒聚集在溪畔，找到自己的位置，「以自身為棲地中心，／鳴叫，守護，／告訴世界闊葉林下的溪流是他們的家」。

我心頭突然湧起一股情緒，好羨慕鷚鳥。書頁上這些鳥（當然，真實的鳥和詩意的鳥之間有很大的差距）稱河流為家，牠們的棲地有其界限，牠們的川河就是詩歌：牠們出現在詩節流向大海的地方，又再次現身於詩節源頭，鄰近詩的句點。雖然劉克襄沒有明確點出他筆下的鷚鳥是磯鷚還是林鷚等，但我知道，這群鳥同樣活在書頁之外。除了最嚴寒和最乾燥的地方（南極洲和沙漠都看不到鷚鳥），幾乎全世界都有牠們的蹤跡。鷚鳥隨著潮汐活動，和水域緊緊相連。

全球有五百多個物種沿著東亞遷徙線遷徙。這條路徑長達數千公里，從涵蓋阿拉斯加到俄羅斯的北極圈橫跨至紐西蘭，貫穿整個東亞海岸。儘管這些海岸線因溼地侵蝕、氣候變遷和工業發展而有所改變，候鳥依舊維持規律的步調，隨著季節更迭追尋洋流。候鳥的命運和琵鷺一樣，與人類的命運牽繫在一起。我們有沒有能力保護牠們，願不願意留給牠們棲息的空間、分享從來不屬於我們的東西，都能影響牠們的生存境遇。

我回到下榻處，和住在那裡的日本藝術家Magumi一起喝茶。她把我帶到後面一個光線昏暗、向庭院敞開的房間，讓我看她創作的雕塑。雕塑品是一圈用報紙編成的繩索，有點像船塢上那種粗重纜繩，而且比我高，快要碰到天花板。她沒有跟我聊作品（畢竟一個講日語，一個中文又彆腳，很難進行言語交流），只是拿起繩索末端讓我看磨損的邊緣。我想起外公外婆平房裡那些年久泛黃、堆得像小山的中文報紙，那股氣味我始終忘不了，就連在遙遠的臺灣也能聞到它們的味道。那些報紙印著人類的故事，將遠方的人和地域牽在一起。我瞥了雕塑一眼，只見變薄的報紙糾結纏繞，故事化成了繫繩。

木

一九七一年十月，聯合國通過第二七五八號決議。中華民國被逐出聯合國；中華人民共和國取而代之，坐上中國代表權席位。

外公先在岡山擔任教官，然後又到新竹空軍基地接下政戰主任一職，擔任年輕飛行員的顧問，這群飛行員主要是跟美國中央情報局合作，並在美方支持下飛越中國上空執行偵察任務。關於這段時期，信中只簡單帶過，我試著探知更多資訊，但沒有結果，外公的檔案至今仍處於保密狀態，無法對外公開。我寫信給新竹空軍基地，他們只是簡潔扼要地感謝他為國家服務。我很焦慮，急著想知道外公在國民黨政權中扮演何種角色；對一心想返回大陸家鄉的人來說，國民黨政權就是一切，但也有些人將其視為剷除異己、手段殘暴的洪水猛獸。我只能從他的書信中擷取資訊，自行研究冷戰和臺灣戒嚴時期的複雜歷史。我開始意識到自己可能永遠無法了解他那幾年的生活。

我只知道他的故事如何結束。

世局巨變前幾年，外公有幾個朋友和同事前往美國和加拿大，成為商業航空公司的機組人員，那裡的工作環境更好，條件更優渥。由於被迫提前退休，外公已經有幾年沒駕駛過飛機了。他曾試著當推銷員，但這不在他的技能範圍內，讓他非常痛苦。

在有經驗者的建議下，他申請一家三口移民到加拿大。在加國，他可以擔任商業機組人員，再次飛掠天際。在加國，他不必困在家裡，困在他奉獻一生的國家，一個讓他覺得自己被遺忘的地方。

一九七四年，他們移居海外。那年外公五十五歲。

抵達加拿大後，招募人員向他說明相關流程。出乎意料的是，由於他來自臺灣，一個不再被世界承認的國家，他的資歷和公民身分全數歸零，無法立刻核發飛行許可證。外公問要等多久？對方回答說，五年。

再過五年，他就六十歲了。根據機師年齡限制規定，年紀太大不能開飛機。

外公、外婆和媽媽就這樣說著結結巴巴的英語，在一個天寒地凍的陌生國家重新開始。

外公外婆這輩子都在空軍單位和公務機關服務，沒有其他經驗，只能像許多移民一樣，可以做的工作都做。他們成了清潔工。

小時候我常去尼加拉瀑布的罐頭食品工廠找外公。他在那裡遇見的陌生人知道他的過去嗎？員工們下班後，我看著他縮著身子在機器間走動，靜靜拖地。

外公很少跟我說飛機的事。我有好長一段時間都無法想像，過去的他居然在空中駕機翱翔。

林

名詞｜森林；樹木；樹林

名詞｜泛指同類的人或事物薈聚之所

森林中，新生命扎根大地。

12

二十一歲那年，我最後一次見到外公。他走到平房門廊倚著鐵欄杆，站在安全的臺階上遠望街道，我則將行李搬上車。我不確定他當時還認不認得我。我轉身緊緊擁抱他，他略帶疏離，不發一語，如往常般用已成定局的態度拍拍我的背，彷彿眼前只是隨便一個路人，簡單地說聲「再見」。

幾週後，外婆突然擅自作主帶外公回到臺灣，前往高雄的榮民之家。當時的他高齡八十九歲，行動遲緩，沉默寡言，也變得不會講英語，需要別人照護。事情發生得太快，我們沒時間說再見。外婆陪他搭機飛往臺灣，將照顧他的責任交給別人，獨自返回加拿大。

我常在想像外公的新房間一片幽黑，月光灑落在漿洗過的養護中心床單上，門上有一扇小窗，通往空蕩蕩的走廊。我套用從小到大見過的醫院房間，努力描繪外公在那裡的模樣，可是腦海中只浮現他在平房門廊擁抱我的那一刻，如今的我對他而言不過是個陌生人。他獨自一人孤零零待在臺灣，坐在那個房間的畫面，讓我的心緊揪在一起，難以承受。

外婆講得好像他已經死了。

不曉得外公搭機時心裡有什麼感受。他知道自己要回臺灣嗎？他知道那座島嶼再次引著他回去嗎？不知道他還記不記得那些過往或故事發生的地方。

愛德華・薩依德（Edward Said）寫道，流亡的哀愁在於無法返鄉。那些被政府放逐的人，那些失去國家和地域的人，無論在何種情況下，被迫離家都是一場悲劇。家園可以各式各樣的物質形態持續存在，但失去故鄉、流離漂泊鍛造出來的人生又是另外一回事。阿茲海默症就像另一種形式的流亡，患者被放逐出過去與記憶的想像世界。

我想起夸父追日的神話，一個勸誡世人勿不自量力，同時又頌揚雄心壯志的故事。在我看來，這個傳說也蘊含著流亡的悲傷。夸父想知道太陽升到地平線時會怎麼樣，便一直往西走，最後因為脫水、體力耗竭，在離家很遠的地方死去。這種死法不會喪失尊嚴嗎？

然而，夸父的故事創造出一個新的開始。他的軀體雖然腐爛，落在地上的手杖卻長出嫩芽，變成濃密的森林。

我和媽媽回臺時去了高雄，外公就是在這裡過世。這座城市的存在感覺就像一種提醒：他離開時我們不在那裡，我們應該陪在他身邊；此次探訪是懺悔也是贖罪。媽媽寫信聯絡榮民之家，想知道外公遺骨安息的地方。我們坐計程車經過香蕉田和包著塑膠袋、尚未採收的火龍果，緊抓著一張潦草寫著廟宇地址的小紙條，一張偽裝成廢紙的地圖。我們爬了一層又一層，腳步聲在廟宇的樓梯間迴盪，接著走進安厝骨灰的廳堂，藍色龕位門板上有象徵空軍的翅膀雕飾。管理員給了我們一把鑰匙，一個掛在沉重鏈條上、有點髒的塑膠物品。

外公的塔位在從地板數上來第二排，我們不得不坐在水泥地上才能以水平視角看著他，向他致意。我和媽媽沒看過骨灰罈上那張照片，那是他去世前在養護中心拍的。照片裡的外公臉色灰黃，顴骨在光滑的皮膚下突起，我從沒見過他這麼消瘦。我閉上雙眼，回憶在門廊上告別的那一天。我只想記住那個時候的他。

媽媽手裡握著一個紫色蚌殼。她把那枚貝殼從臺灣海峽，從兒時經常玩耍的恆春海灘帶到這個遙遠的內陸地區，將那一小片海留給他。

接下來幾天，我和媽媽不知怎的覺得輕鬆了一點，心頭的負擔緩解不少，花了點時間追溯、回憶她過去的生活。她帶我去她的母校和大學校園，踏上陽明山，探索她和外公喜歡的北部山林。我們站在大安區一間小公寓外的狹窄巷弄裡，她的童年大多和外婆住在一起，外公則駐守在岡山、嘉義和新竹的空軍基地。單調的水泥建築佇立街邊，一臺臺冷氣機自牆面往外突出，三樓的窗戶微微開啟，不曉得內部是不是跟我想像中一樣呈灰綠色？現在又是誰住在那裡？媽媽年輕時，這條街道非常安靜，位於發展中的城市邊緣，不久前還有一畦畦的田野；如今這裡變成市中心商圈，販售設計師品牌的精品店和咖啡館林立兩側。

雨下個不停。我和媽媽走進附近一家賣湯品的餐館吃飯祛寒。店裡的塑膠凳低得像兒童座椅，角落餐桌放著兩碗辣椒油，其中一個還貼了警告標語，寫著「很辣」二字。我們加了辣椒油，喝了一口，痛麻熱辣的感覺讓我們忍不住瞪大眼睛彼此相望。這是媽媽從小玩到大的遊戲，屬於我們的遊戲。

她聊起小時候在高雄那段日子，岡山基地永遠沐浴著陽光，寬闊的水泥地和建築在午後烈日下熾熱燃燒。她會在外公的辦公室玩牌打發時間，努力克制那個調皮的自己，免得闖禍。我母親很喜歡惡作劇；她對搗蛋的渴望與大人要求的文靜、溫順和教養互相拉扯。那些下午就像生活的調劑，讓人得以喘口氣。外婆在臺北忙著工作，她住北部時就像暴風中的小船，總會受外婆的情緒起伏衝擊。空軍基地是她和外公的小世界，她喜歡整天懶洋洋地四處閒晃，等他下班。

勤務比較不忙的時候，其他和外公共事的空軍士兵會帶她去釣魚，將釣線拋入基地邊緣的小池塘。她抓撈蝌蚪，嘎吱嘎吱地涉過淺水處尋找青蛙、烏龜和泥鰍，全身滿是泥濘地回外公整潔的辦公室。

外公無論走到哪都會種植物，更將他的愛和園藝技巧傳給媽媽和我。他的辦公室植栽中有一種辣椒，九歲那年，媽媽第一次告訴我那些辣椒的故事。我們坐在桌旁小口咬下哈瓦那辣椒，測試自己的耐受度。面對這種灼人的辣，媽媽依舊面不改色，讓我崇拜不已，也想透過訓練提升這種技能，於是便咬了一口燈籠狀的黃色果實，直到舌頭發麻，變得毫無感覺。駐紮四川那段日子讓外公逐漸愛上辛辣料理，媽媽也承襲了對香料的興趣。她告訴我，外公再三叮囑她不要拔辣椒，但她會趁基地辦公室沒人時用指甲摘下果實，舔舔手指，徒留斷損的莖。她的手被辣椒素咬得又脹又紅，嘴唇也變成猩紅色，外公當然一眼就看出她幹了什麼好事。媽媽笑著說，外公從來沒懲罰過她，因為腫脹灼熱的手已經夠她受了。

我們坐在矮凳上喝下一碗碗湯，努力迎戰噴火的辣度，一邊大笑，一邊聊著外公，談論加拿大如何讓我們變得柔軟，變得不一樣。我在腦海中把這三個故事編織在一起：媽媽和辣椒植株、一碗哈瓦那辣椒，還有一個陰雨的臺北夜晚，嘴唇熱辣的我們。

一想到能再次感受高雄的溫暖，我的心就好雀躍，但旋即又有種奇怪的感覺，因為我每次到高雄一定會去看外公。我心裡早將這座城市讓給了他，一度覺得去高雄是一種侵擾和不尊重。但我也知道，多年來關於他的回憶本應流動逝去，但我始終緊守著不放。我從臺北出發，踏上舒心的火車之旅，一路看著香蕉園、臺中的高樓大廈、鐵砧山的平緩高原等熟悉景物，然後將注意力轉移到軌道旁的平坦田野，穿過山麓，進入炎熱的高溫。

壽山（俗稱柴山、猴山）位於高雄以西，北側背海，高聳的險崖俯視著港埠，地質與恆春那些峭壁一樣同屬珊瑚礁石灰岩，白堊色的鐘乳石隨處可見。山區覆蓋著濃密的次生林，榕樹和砂糖椰子樹抓住淺層土壤，氣根悄悄爬上珊瑚礁石，岩丘間隱匿著淡水蟹巢穴，不時可見嬌弱而蒼白的螃蟹踩著細碎的步伐，飛快自小路旁現身。

這條步道很好走，坡度緩升至平坦的頂峰，不過高雄的炎熱與臺北的清冷相差甚遠。我氣喘吁吁地邁向山頂，時值正午，溼氣蒸騰，太陽在薄霧中閃耀著暗淡的光芒。從壽山頂峰可以俯瞰整座城市，我認出和媽媽住過的飯店，以及那些熟悉、縱橫交錯的巷弄，但我看不清遠方，看不透午後濃重朦朧、如冠冕低懸在城市頂部的空氣。我知道外公長眠在南方果園外那座寧靜的寺廟廳堂，只要開車往內陸走一小段路就到了，可是我看不見。

我今天沒有去探望他，而是將他的記憶延伸探入高雄的霧靄裡，伸進熱浪悶捲的城市。我望著天空，一隻海鷗從頭頂掠過，往下飛向港口。我的呼吸逐漸穩定。海鳥的身影在灰白的海峽上空愈來愈小，鹹鹹的微風從我的手腳間掠過。我轉身往前走，身體似乎輕盈了不少。

13

一九六九年，臺灣的國家科學委員會和美國國家科學基金會（National Science Foundation）決定攜手合作，共同出版第一部全面介紹當代臺灣植物相的刊物。接下來幾年，他們成立了一個編輯小組，負責編纂內容。一九七五年，距離早田文藏著手記錄臺灣全島植物資源大約已過了六十年，《臺灣植物誌》（*Flora of Taiwan*）正式出版，全套六冊，篇幅超過五千頁。第一冊以編輯委員會的黑白照片揭開序幕，五名身穿西裝的精瘦男子靜靜微笑：一個來自美國賓州大學（University of Pennsylvania）；三個來自國立臺灣大學；另一個則來自紐約植物園（New York Botanical Garden）。

內戰結束後，臺灣似乎不再是中國國民黨的臨時據點，基礎建設與促進經濟發展成為政府第一要務。與此同時，科學研究也再次興盛，取得了豐碩的成果。一九四七年，臺灣植物學術期刊《Taiwania》（意為「臺灣杉」）創刊，但只出版了零星幾卷，直到一九六〇年代才開始積極頻繁出刊。當時要求將臺灣自然環境視為資源的呼聲極大，有篇文章更指出植物科學必須為經濟發展服務，並介紹各種植物、辨識方法及其用途。事實上，日治時期的植物學研究大多是為了滿足林業需求，因此這類觀點就某種意義而言並不是什麼新興概念，反而愈趨主流，也反映出臺灣的快速發展。各界大量投入生物研究，進而推動了一九七〇年代末的保育運動。到了一九九〇年代，《臺灣植物誌》第二版問世；二〇〇八年，科學團隊則完成了臺灣的第一份植群調查報告。

我常想，其實我們可以從植物中一窺近代臺灣歷史。植物成長繁盛的過程、林地空間的植物相、哪些經濟作物與本土自然生長的物種在一起，在在揭露出人類所追求的事物。臺灣許多植物研究中心都是由日本人建立的，例如墾丁的森林在十九世紀末被用作林業研究中心，至今仍蘊藏了當初大量人為引進的熱帶物種，以及一八九六年創立的臺北苗圃[1]等。

植物不僅現身於城市街道、公園、詩歌和共同的夢想，更代表了我們。自然在人類之間開展；人類的科學、文化與政治發展形塑了自然。

植物相關文獻也能教會我們很多東西。我之所以對植物相歷史感興趣，部分原因就是古老的植物及其植群樣貌顯示出過去與現在的連續性，物種命名者和發現物種的過程都有其意義。植物相紀錄和歷史標本的存在使科學家得以追蹤特定物種出現的時間和地域。回顧過去，這些樣本不僅讓我們得以了解土地使用的變遷，更傳達出非人類自然界的回應。與此同時，破壞也出現了；有些植物就此絕種，有些

1 譯註：一八九六年，臺灣總督府民政局殖產部於小南門外創建「臺北苗圃」及母樹園，一九二一年正式改名為臺北植物園。

因被子植物親緣組織（Angiosperm Phylogeny Group）[2]得出新的遺傳參數而改變分類，有些甚至連名稱都有所更動，因此我只能透過線上植物名稱索引追溯它們的足跡，搜尋大自然的語源。植物的歷史和人類的歷史一樣也有譜系之分。

我翻閱《Taiwania》舊刊，尋找感興趣的標題，看到自己認識的地點和物種就覺得很開心，譬如七星山的土馬騣（群聚性金髮苔屬）、能高山區冰水中的苔蘚，也許我永遠無法親見這些物種，但詳盡的植物描述讓我得以描繪出它們的理想形態，比方說披針形葉、小至以公釐計的尺寸、鋸齒狀邊緣，以及要用顯微鏡才看得到的細胞等。此外，我也能想見植物學家冒險採集樣本的歷程，在腦中看見他們拖著行李和標本，走過我所知道的陡峭山徑。就這樣，我覺得自己離那些難以形容的事物更接近了。我在書本和植物索引中找尋的，是比那些採集到的標本和紙頁上的文字更遠大的東西。

在恆春七孔瀑布的池塘邊有一棵高度約為四．五公尺的棋盤腳樹。那棵樹孤零零地矗立在小巷邊緣，長長的葉子染上光澤閃耀的綠，襯托著白色花朵，微微起皺的花瓣向外展開，散出纖長的細穗，看起來就像用釣魚線製成的光纖燈，如羽毛般輕盈的粉紅色花蕊尖端呈黃色，與花托溫柔地融合在一起，哪怕是最輕微的干擾都會讓樹落下一陣花雨，繁花飄落大地。起初我不知道那是什麼樹，後來才去查到了資料。

棋盤腳樹在西方又稱「毒魚樹」（fish poison tree）或「匣果樹」（box fruit tree），拳頭大小的方塊形果實沉甸甸地掛在花朵之間，離枝幹極近，有些資料視之為人為引介的外來種，有些則列入臺灣原生種，定位混沌不清。棋盤腳樹的果實和椰子一樣可以經由海路傳播，隨著潮汐踏上遙遠的地方，印度南部、大洋洲和南太平洋諸島都有棋盤腳樹的蹤影。漂浮在水域間的果實可存活十年以上，等待著登陸時

2 譯註：一個非官方的國際植物分類學組織。該組織試圖應用分子生物學來分類被子植物，以期建構出一個大多數學者都能接受、有共識的分類系統。

機。

棋盤腳樹屬於玉蕊科，我很喜歡「玉蕊科」三字的中文發音（yuruike），還私下替棋盤腳樹取了個綽號——開竅樹（eureka tree，eureka 有靈光乍現、豁然開朗之意）。一棵窮極一生不斷追尋新事物的樹，無論大海送它到哪裡，它都能落地生根，隨處為家。

那是個陰晦的禮拜三，我和夏琳前往河邊散步。在森林裡待了這麼久，我現在只想悠閒遊歷平緩的城市。不斷爬山讓我的身體發痛，膝蓋依舊痠疼。這條平坦的河濱步道很長，與長滿青草、鄰近松山機場的荒地接壤，河岸與佇立在水陸間的涼亭皆是水泥。

臺北常有種安靜的感覺，彷彿我在茫茫人海中成了無名氏。我沒辦法停下來一一說出這些人的名姓，就像我無法在雜草蔓生的林間辨認出每棵樹一樣；我的腳步急促，別人不知道我的名字，我也不知道別人的名字。然而在這裡，河水緩緩流動，低矮的建築於城市郊外止步，熙攘的人群也逐漸散去。偶爾會有騎腳踏車或散步的民眾從我們身旁經過，我們像鄉村居民那樣對陌生路人點頭致意，停下腳步仔細觀察草叢中難得一見的事物。

淡水河由三條支流組成，從南部和東部山麓探入城市，匯流進臺灣海峽。基隆河以悠緩的步調流動，我們循著它往大海的方向走。沿著河濱步道往前，可以感覺到陸地下陷，北方地平線群山聳立，表示我們走在地質斷層邊緣。我和夏琳轉了個彎，經過一群四散於淺水處釣魚的老漁民，他們坐在缺損的塑膠矮凳上，旁邊放著熱水瓶和裝滿新鮮水果的塑膠袋，看來打算待一整天。我們經過時默默向他們點頭打招呼，他們也點頭回應。這條河狀況不太好，我很懷疑他們能釣到什麼。離漁民不遠的地方有個淺塘，四周長滿蘆葦，似乎是想改善水泥築成的堤岸景觀，只是水面上漂著一條死魚和看起來像狗屍的殘骸。我們去灰窯上游瀑布泅泳時，完全沒想到河水會流向這裡。

我們繼續往前走，經過一座夏琳沒看過的公園。她開始談起臺北的變化。

「我記得臺北一〇一等建築是什麼時候竣工的，也記得捷運何時開通。我家外面就有一個站。工程持續了很長一段時間，所有建設都很新。」她說。

我想到媽媽也說過同樣的話，忍不住笑了起來。捷運網絡和高樓大廈覆蓋在她過去熟悉的那個城市之上，讓她備感困惑。我試著想像變遷的規模，利用手機裡的應用程式將歷史地圖和空拍照片疊在Google地圖上，希望能感受媽媽從前看到的光景。一九五八年，她的老家還只是片田野；一九七四年，她離臺的那一年，一張顆粒感十足的照片拍到她家的屋頂，周圍環繞著巷弄和公寓，就像俄羅斯方塊一樣，各種形狀自然地排列組合。臺北日漸崛起，屋頂鋪著瓦片的低矮日式建築，慢慢被公寓和玻璃帷幕商辦大樓取代。

「我媽跟我講過一個故事，」我說，「她以前會帶著寵物龜在郊區散步。她在牠的脖子上綁了一條繩子當牽繩，有一次，住在附近的孩子找她玩，她便把繩子繫在水稻上，結果再也找不到那隻烏龜。」我一想到綁著牽繩的烏龜就忍俊不住，待笑意平復後又再度開口。「老實說還滿慘的，不知道當時的臺北怎麼會那麼像農村。」

我曾看著母親步履蹣跚地走過這座島嶼，雖然她懂中文，臺灣文化也以某種根深蒂固的方式在她體內流淌，但她還是需要我為她導航，於地圖和世界間移動，她自己則在尋找過去留下的蛛絲馬跡。她提到從前熟識的餐廳，我就會上網搜尋，老是擔心她會迷路，但我也想起那天看她在沙灘上撿貝殼的樣子。地方的記憶，無論有多不穩定，都會找到方法潛入一個人的心。

夏琳的家人和我的一樣來自中國大陸。我母親移民加拿大不久後，夏琳就呱呱墜地，在臺灣的轉變中長大。

「我成長過程正好遇上群眾為民主奮戰的時期，」她告訴我，「當時審查制度非常嚴，周遭的一切都在改變。我記得朋友八〇年代從海外訂了一套大英百科全書，我們打開包裝時發現中國篇的中國國旗完全被遮住，上面黏了一張正方形貼紙，內容一片空白。」

我點點頭，完全不意外。我十六歲那年拿到一本《共產黨宣言》（*The Communist Manifesto*），儘管在加拿大生活了數十載，我母親依舊不敢相信市面上居然能買到這本書。我讀到在戒嚴期間，臺灣的禁書不僅擴大到馬克思的作品，連名字聽起來相似的作家也掃到颱風尾，例如馬克・吐溫（Mark Twain）、馬克斯・韋伯（Max Weber）等。我聽爸爸說，他當時去臺北因為工作需要，帶了一臺傳真機（在當時是一種新科技），結果被海關沒收，當局說這是間諜活動的設備。

「奧運期間，只要中國隊出場，螢幕上的國旗都會打馬賽克。我一直到去美國上大學才看到那面國旗。」夏琳哈哈大笑。

儘管她這麼說，我還是覺得心裡有個結，大概是無謂的嫉羨吧。「妳人在臺灣的那些年，我們家都在海外。」我輕聲說，一陣羞愧感立刻湧上心頭。

我們來到河彎。這裡的基隆河更美，更開闊，更自由。一群人划著獨木舟逆流而上，紅色頭盔像浮標一樣在地平線邊緣上下擺動。

我轉向草地，用手指夾住一片尖細的草葉，嘴裡反覆唸著從前研讀植物學時學到的一句韻文，一件我想寫出來的小事，「莎草銳尖，藺草潤圓，禾草空心，直探地間。」我搖頭晃腦地說，隨著文字和流水的節奏擺動。夏琳複誦著詩句，我拔下一根草莖，兩人仔細察看那道綠，凝視中空的梗心。另一個地方流傳的話語搬移到這裡，感覺不太對勁，好像套上不合身的針織衫，但我依舊從中得到不少安慰。

我們沿著彎曲的河流往西走，經過松山機場，來到跑道外一片寬闊的草原。飛機降落的轟鳴聲於頭頂迴盪，劃破河畔的寧靜。我猛然停下腳步；這是我第一次這麼接近跑道，腦中浮現的回憶不是我的，而是來自外公的書信，過去幾天我看了好多遍，彷彿可以透過閱讀將那些記憶像石頭一樣打磨拋光。我在心裡細細琢磨了好幾週，說話前總先想過那些文字才開口。

木

「有一次，我和空軍官校校長一起飛往臺北開會。由於天候不佳，我們便飛到雲層上方。抵達市區時，松山機場因大霧而關閉，但那場會議非常重要，所以我還是決定降落。我很熟悉松山的地形，知道那條蜿蜒的小河在哪裡。河面上空沒有霧，我可以循著河流著陸。

降落後，塔臺問我們在哪裡，他們什麼都看不見。我回答說：『我們停在跑道上了。』校長俯身向前，給了我『騰雲駕霧』四個字，地勤人員過來時還說他們就知道是我，只有我才能在這樣的濃霧中順利降落。這些老傢伙的讚美讓我很惆悵。」

我曾站在臺北一〇一觀景臺掃視地平線。我的目光駐留在山下那條被河流環抱的灰色跑道，一架架飛機平行劃過城市天際線。我幾乎可以想見外公在那裡的模樣。

他的信長達二十頁，卻從未結束。沒有署名，結尾也不連貫，最後幾頁的內容更是不斷打轉，繞回之前的故事，句子莫名其妙斷在中間。這封信是外公落筆當下的心智地圖，一座布局模糊的記憶迷宮。時光在紙上斂縮、褪去，只為了以脫節失序的姿態再次現身。不曉得時間是不是在他生病時分層了？或許那些歲月被壓扁，折疊成一個由眾多片段組成的時刻，就像我記在心裡的字詞和地名一樣，多種語言不斷流動。他的回憶究竟是同時存在，還是完全不存在？

讀信過程中，我不時感覺到他潦草筆跡下蔓生的文字枝椏亟欲往外生長，探入空白。可是他的書寫愈來愈混亂，接著驟然停止。

風暴會釋放出一種名為「微爆流」（microburst）的柱狀氣流，這股急速下沉的氣流到達地面時，會產生破壞力相當於龍捲風的風，並在衝擊影響下朝四面八方旋繞，噴出的氣流也會改變方向，擾動空氣。擴散的方式就像水龍頭突然噴出超大水量沖擊水槽，往外漫溢，然後向上流動到天空。雖然微爆流只是風，但力量極強，足以置人於死。

外公正是在這樣的風暴中執行最後一次飛行任務，例行巡防臺灣海峽。當時是一九六九年，偵測微爆流的技術要到二十年後才會出現。

他從未談起這件事，信中也只是草草帶過，沒有詳細描述。我是透過媽媽的記憶才得知這起事故。

外公沿著海岸飛行時，一陣風，一股微爆流，猛地將機身往下推。飛機急速墜落，幸好最後撞上新竹空軍基地附近的海灘，沙子緩和了衝擊的力道。媽媽說，要是當時他在海上，可能早就沒命了。

外公毫髮無傷從飛機裡爬出來，快步趕回空軍基地。驚魂未定的他不想造成別人的麻煩，堅稱自己沒事。可能因為他是上校，軍階很高的緣故，沒有人想過要詢問或質疑他。幾個小時後，他開車去臺北開會，抵達現場時突然昏倒，才發現有幾塊椎骨在墜機中受到損傷，這些痛楚折磨了他一輩子。

從此外公再也沒飛過。

在古老的天梯神話中，世人可以透過攀峰或爬樹一探雲際。媽祖在濃霧中登上高山，羽化升天。從這樣的高度俯瞰，人間落在廣闊又遙不可及的天空下，世界井然有序。

我常想，不曉得外公朝那白色穹窿疾飛而去時看到了什麼。他在海風中翻騰之際，有看見大地隆起迎接他嗎？

14

我印了一張彩色地圖，用指尖數過每條活動斷層線，總共四十三條，其中大多闖入狹窄的平原，分別是橫貫北部、行經臺北的山腳斷層和金山斷層；位居歐亞板塊和菲律賓海板塊交界、分布於臺南和嘉義內陸的觸口斷層，以及車籠埔斷層。一九九九年的九二一大地震致使地表破裂，顯露出車籠埔斷層帶，這片地景至今仍妥善保存，供民眾觀覽。

我查看地震應用程式，過去幾週只有幾起小地震，但接下來會有更多。部分研究人員主張，地震以一百年為週期，每個世紀都會出現一連串強震和餘震；反對這項觀點的人則指出，數據時間軸橫跨百年以上，因此該推論不過是無稽之談。不過也有些人認為，臺灣早就該發生大地震了。他們就像那些追颶風的人一樣，等待所謂的「大場面」。目前已出現一些預測，希望能釐清混沌不明的情況，試著探知未來的災難。此時此刻，這些斷層帶在地底下微微震顫，幅度小到難以察覺。我在地圖上標出斷層位置，瀏覽網站上建議的地震避難應變措施。發生地震時，若人在室內，請待在室內；若在床上，請待在床上；若在戶外，請待在戶外。

我們測量地震的能力會影響留存下來的地震紀錄。十九世紀時，臺北、臺南、基隆、臺中和恆春裝設的是格雷－米恩地震儀，接著換成日本製造的大森式（Omori）地震儀，後來又被體積龐大、採彈簧阻尼系統的威赫式（Weichert）地震儀取代。一九三五年的新竹－臺中大地震促使臺灣成立了更多地震測站；第二次世界大戰結束之際，臺灣的地震監測網擴展到包含十六個地點。一九五〇、六〇年代，臺灣在美國的支援下開始採用新式儀器；到了一九七三年，臺灣已具備先進探測系統的基礎，能記錄到小至一級的地震。

目前臺灣擁有世界上最先進的地震監測網絡之一，不僅有一套預警系統能發送通知給鐵路行控中心、醫療院所、氣體管線業務機關和電梯，更跨越了七十一個地點，涵蓋範圍極廣，包含遍布全國的標準地震儀、不同地質條件使用的加速計、探入地下深井的地震儀、安裝在建築物中的感測器和電纜、GPS觀測網、地下水觀測井和氣壓計。中央氣象局會統整地震活動，網站上每個月都會列出數十次地震。若出現地震群（即短時間內發生一連串地震），紀錄可能飆升到數百起。

然而，目前我們尚未掌握預測地震的方法，只能在科學場域和民間傳說中尋找原因。據說地震前和地震期間，井水會改變水位，因此水文歷線圖就成了一項工具。此外還有其他更虛無縹緲、令人費解的現象。一九七五年，中國的海城發生了七．三級大地震，據說地震前幾天，城裡的動物紛紛出現異常行為，逃離該地。政府下令疏散民眾，這項舉措避免了大規模人員傷亡。還有人說，蚯蚓會在地震發生前竄出土壤跑走；日本傳說則提到鯰魚會倉皇離開棲居的池塘；其他地方更有民眾在地震前觀測到天空出現奇怪的雲和亮光，陰謀論者則稱之為「幽浮」。近年來，由於攝影設備普及，這類詭異景象的證據愈來愈多，引發科學界關注。有些人認為，這些奇怪的「地震光」（earthquake lights，又稱地光）只是一束通過受壓礦物結構的電流，或是物體斷裂或破碎時會產生的摩擦發光（triboluminescent）現象，地球不過是創造出一絲閃光，就像在黑暗的房間裡折斷一株薄荷一樣。這些故事可追溯到數百年前，甚至遠古時代，其內容被編織進神話和科學中流傳下來。無論怎麼解釋，地震發生是不爭的事實。

我在那些試著繪製自然的圖表中找到一種古怪的寧靜感。地圖、植物相、地震活動……這些資訊讓我得以追蹤、記錄有形的東西，不是因為地圖畫出特定的疆域，而是因為它給了我一種方式來爬梳世界及其複雜局勢。有一次，我看到外公抄寫英文辭典，將那些單字湊成一個句子。也許那些詞彙讓他進入了一個不同於自身世界的宇宙。

若走在山林小徑間，覺得自己格格不入，我就會說出樹木或岩石的名稱。在我看來，斷層分布圖或許能讓我們注意到那些悄悄流逝的事物。

但人就不同了，我們的缺陷無法測繪成圖。我們用祕密層層包紮起來，任由傷口在皮膚下潰爛。

「我跟我的家人說再見。」有一次外婆啞著嗓子對我說。她常這樣莫名拋出一句話。當時還小的我明白有些話不需要回答，所以什麼也沒問。

外婆透過構築出來的故事框架仔細描述過往，但我和姊姊都認為我們的華人生活有一定的疆界，彷彿家族歷史只集中在一處，集中在這段祖孫關係之間。外公、外婆的平房本身就是一座島嶼，我們只會在那裡講中文，跟他們一起探索自己流著華人血液的那一面。他們家在郊區，鄰近大海，除了摘鄰居庭院裡的桃子外，我們很少跨出車道兩旁的鐵絲網，唯有坐上舒適豪華的奧斯摩比轎車出門，才會看見周遭地區。有時我們會開車穿越邊境，來趟美國一日遊，停在水牛城的塔普斯超市（Topps supermarket）喝羅甘莓果汁，去龐德羅莎大啖吃到飽自助餐。

平房是我最喜歡的地方。我花了很多時間跟外公一起準備食物，擀麵皮包餃子，趴在電視機前的橘色絨布地毯上浪擲晨光。小時候我的嘴有外婆那種味蕾，喜歡吃鹽和糖。我們會趁四下無人直接吃冷的鹹奶油，或是在中式薄餅皮上灑滿白糖捲起來，一口吞下肚，下午再吃哈根達斯咖啡冰淇淋加玉米片。

外婆把她不想讓我們知道的世界藏了起來。現在我看到了，彷彿過去種種就埋藏在地下室那堆她看到睡著的連續劇錄影帶間，塞進那疊中文報紙裡。

媽媽撥了舊電話帳單上那兩支號碼。一通電話打去了中國，聯繫上她的表姊董平，另一通則是打去臺灣。臺灣的電話接通時，她問話筒那端的陌生人認不認識外婆。「其茜？是妳嗎？」
幾個月後，我們走進臺北喜來登大飯店的大廳，靜嫻就站在我們面前。她穿著厚厚的格紋外套抵禦寒風，我注意到她的腳和媽媽的一樣小，身高比我矮三十公分左右，一頭柔順的短髮逐漸花白。我們面對面坐下，喝了幾杯茶，期間我一直觀察她的神情，她眼周的皺紋，聆聽時眉宇間那種專注，不時微笑點頭，親切而優雅。眼前七十多歲的她看起來簡直跟外婆是一個模子刻出來的，像到不可思議。
靜嫻是外婆的表妹，赴約的路上我們一直煩惱該怎麼稱呼她。漢語親屬系統非常複雜，母方和父方的家族成員各有不同稱謂，媽媽和我都不了解這套用語。我跟姊姊只認識外公和外婆，完全不曉得其他親戚該怎麼稱呼，就連我母親也不知道；面對我的問題，她只是聳聳肩，不太確定。她和許多一九四九年後出生的孩子一樣，成長過程並無大家庭這種背景。我上網搜尋，找到親屬成員稱謂表，但還是不曉得一個隔了兩代、輩分較高的表親該怎麼叫。這是一種我們都不通的語言。媽媽覺得，直接叫靜嫻「阿姨」最簡單。

阿姨住在大安森林公園附近，離我母親長大的老家不遠。她自幼便離開中國，和我母親一樣在臺灣長大。她的父母住在眷村，類似外公外婆在岡山住的地方。她只比我母親大十歲。

阿姨從手提包裡拿出一個大信封，遞給我一張老照片。畫面上是年輕的她，穿著一件寬鬆的聖誕高領毛衣坐在沙發一角，旁邊有個身穿藍綠色吊帶褲、笑容燦爛的三歲小女孩。那是我。

我拿著那張照片端詳、消化每個細節，看了好一陣子。背景有一座鑲著玉石的屏風，黑色皮沙發泛著光澤，是在外公外婆的尼加拉瀑布平房拍的。

淚水瞬間湧上眼眶，但我強忍著情緒使勁咽下去，不想在剛認識的人面前哭。證據就在我手上，我——我們——早就認識她了。

媽媽和阿姨仔細研究菜單，菜色名稱宛如潤滑劑，緩解了相隔數十年再見的尷尬。一盤酥炸豆腐上桌，然後是綴著枸杞和蓮子的銀耳。我吃不太下，只想專心了解阿姨和媽媽之間的對話，她們輕聲揭開真相，揭露在桌面上。我喝了口茶，等媽媽翻譯給我聽。

「靜嫻說她和外公感情很好，他們以前常一起打牌，」媽媽解釋，「但她和外婆有時不太對盤。」

一九八〇年代末，阿姨和她的家人飛往加拿大，在尼加拉瀑布待了幾週。她剛才給我的照片就是那時拍的。同一捲底片中還有幾張照片拼出了他們來訪的時間軸，像是參觀我父親的辦公室，還有去吃麥當勞，塑膠桌上擺滿打開的快樂兒童餐。其中一張是我和姊姊、阿姨坐在一起，臉上堆滿微笑。

她和外婆之間似乎有些小摩擦，至今她還是不清楚到底發生什麼事。但往後數年，外婆從未對我們提起靜嫻；她的存在徹底遭到遮蓋，完全看不見。

餐桌下，阿姨緊握媽媽的手，淚眼汪汪地摟著她。她用中文說了幾句話，可是語速太快，我聽不懂，只好轉頭看著媽媽。

「她說她還記得我出生的時候，」媽媽翻譯道，「在高雄。我三歲前都跟她一起住，外婆則留在臺北工作。」

我從來不知道媽媽這些年曾離開父母生活，我一直以為她是土生土長的臺北人。我皺起眉頭，媽媽聳聳肩作為回應，看來她也不記得這件事。

我內心一陣不安。原來媽媽小時候就認識靜嫻阿姨，卻未曾提過她。關於這一點，我無法解釋。我不禁納悶，為什麼過去幾十年她都沒來找靜嫻？我望向母親，想求尋一絲理由，可是她臉上有種我從未見過的悲傷。她屏住呼吸片刻，雙眼盈滿淚水。我知道她正在努力不讓情緒潰堤。媽媽的世界和我的一樣深受束縛。憑她一人怎麼可能跳出外婆設下的框限？

席間，媽媽去了洗手間，阿姨俯身靠過來，用不太流利的英語第一次輕聲對我說話。

「妳媽媽和爸爸——」她停頓了一下，雙手比出分開的動作。我點點頭，不曉得該如何解釋我爸媽早在二十年前左右就離婚了，也不希望媽媽回來時聽到我在談這件事。我不知道該怎麼開口問她，為什麼我們一家人要分開。這些年歲懸擱在我們之間，沒有人說出口。

我和姊姊從小到大都不知道靜嫻阿姨的存在。她一直不清楚我母親和我們的生活情況。

接下來幾週，我回顧外婆的錄音檔，想確認她有沒有那麼一次說溜嘴提到靜嫻。我翻著外公的信，尋找她的名字。外公很少談及過去，信中也毫無斬獲。他向來沉默寡言，以內斂、細微的方式展現出親切和藹的一面，與外婆相敬如「冰」。我努力釐清真相，想證明是我弄錯了。我這一生都在重複母親和外婆說的話：我們沒有其他家人。難道人類的記憶就這麼短暫嗎？

外婆有提到她的親人在大陸驟逝，我們也盡可能表達微薄的心意與哀悼之情。我常用這件事來解釋她為什麼滿懷憤怒，為什麼跟我們保持距離，但這些理由始終無法讓人滿意。我用來組織、理清過去脈絡的直覺徹底失能，只知道有些話她無法言說，有些解釋只存在於感受與形式間的黑暗地帶。有些失去，不可能濃縮成簡單的故事。

15

一九九九年九月二十一日將近凌晨兩點鐘，臺灣中部發生了芮氏規模七．六的大地震。強震於深夜來襲，大地震動了一分鐘多，從濁水溪以北的集集鎮擴散到全臺灣。地震有如劈斫森林那般摧毀城市，多達十萬棟建築遭到破壞，並造成近兩千五百人死亡，一萬一千人受傷。九二一大地震是臺灣六十多年來災情最嚴重、死傷程度最高的地震。

那場地震留下的痕跡至今仍難以抹滅。水泥地崩裂，街道坍疊，廟宇倒塌，操場跑道如特技表演般曲皺成波浪狀，高架道路被附近滑落的坡體埋沒，斷層線保存下來供民眾觀覽……每逢九二一大地震週年紀念，媒體就會重新端出歷史資料製作報導，舊時新聞、地質研究報告和旅遊書也都有相關記載。這場天災在中臺灣引發了近兩萬六千次山崩。我驅車穿越西部山麓，看見大地裸露的傷疤，原先以山坡為家的森林早已不復存在。

三百多年前，郁永河北上勘採硫磺，途中看到一座因地震導致洪水淹沒竹林而形成的「地震湖」。他過去從未見過這樣的景觀，大自然變化之巨讓他深感震撼；陸地與河湖怎麼可能改變位置？一九九九年，這些轉變再次發生；九二一大地震創造出至少三座新生湖泊。其中一座就是水漾森林。

水漾森林（字面意思為「水流滿溢的森林」）位於臺灣中部阿里山附近的山麓，一場山崩阻斷了石鼓盤溪的水流，繼而形成這座堰塞湖。阿里山森林以遼闊壯美聞名，遠僻的山區矗立著許多千年扁柏和杉木，另外還有樹身寬如房屋的神木，這些樹生長速度緩慢，就算以樹木學的標準來看亦然。九二一大地震致使溪流淹沒了杉木林，形成一座將近半公里長的湖泊，樹林的殘遺散落四周，彷彿有幽靈在這片活著的風景間飄蕩。

挾著強風豪雨的厚雲似乎穿透了牆壁。我在破曉前醒來，口鼻隨著吐納呼出白煙，山區寒氣滲進房裡的木頭鑲板。冬天掠過北部和群山，讓所有翠綠沾上一層冷凝潮溼的灰白霜凍。公雞似乎對寒冷和黑暗免疫，於夜霧籠罩黎明時高聲啼叫。我看了看時間，還不到六點。

我約了幾個之前爬能高越嶺道認識的朋友——在臺北當老師的茱莉，以及在新竹當工程師的大衛和艾力克斯——四人一起穿越杉林和零星的陡峭地勢，進行為期兩天的健行。我們分睡兩張雙人床，在知道今天可能會颳風下雨的情況下，大家享受了一個相對舒適的夜晚。我悄悄溜下床走到浴室，不想吵醒他們。我輕輕關上門，只聞門鎖喀噠一聲，門外傳來其中一人打呵欠的聲音。

洗臉盆的漆有些剝落，上頭濺著點點汙漬，鏡子映照出一張呆滯暗淡的臉孔。我的眼睛下方有許多黑斑。臺灣的陽光讓我的皮膚冒出淡淡的老人斑，這是母親遺傳給我的特徵，她為此感到難過，但我很高興。我的臉頰總被風螫得泛紅，讓人有種老是羞赧到滿臉通紅的印象。我刷了牙，把頭髮紮成包包頭，將冰水潑到臉上，再用袖子擦乾。我們當初只想找能過夜的地方，這間位於溪頭的小旅館可說完全符合這項條件。

我踏出浴室，其他人也醒了。茱莉穿上厚厚的襪子，大衛和艾力克斯則慢慢滑下床。一束陽光劃過山丘，讓積聚的晨霧染上淡淡的金色光芒。我把額頭貼在窗上往玻璃呼氣，注意到上頭有殘存的雨滴。昨晚下了雨，今天雨勢可能會更大。

這時，一陣敲門聲傳來，一名女子拿著早餐托盤站在門外。食物很簡單，白吐司三明治配上美國乳酪和熱豆漿，但大家都吃得津津有味，小口啜飲熱呼呼的飲料，似乎極力避免踏入寒氣繚繞的戶外。清晨寂然無聲，時間彷彿靜止在此刻。我咕嚕咕嚕喝下豆漿；我們該出發了，這樣才能在日落前抵達湖畔。

到登山步道口的車程大約半小時。山路曲折蜿蜒，彎道極多，我不得不緊盯著前方，努力抵擋暈車的念頭，以免反胃的想法讓我覺得噁心。山霧一點幫助也沒有；爬得愈高，霧氣就愈濃，能見度只有幾公尺。清早時分，路上杳無人煙，只有偶爾遇上的障礙物反光指引方向，讓我們遠離懸崖。我們以緩慢的車速開過彎道，繞著山路而上，每過一個彎都會拉長時間，連帶扯著我胃裡的結。我高聲唸出歡迎遊客來到杉林溪森林的路標，好分散注意力。一路上共有十二個標誌，分別代表中國十二生肖，以動物的姿態嚷著「你好！歡迎！」抵達目的地時，我幾乎習慣了腹中翻攪的感受。其他三人似乎都以非凡的韌性熬過這場戰役，臉上沒有一絲病態的蒼白。

我們停下來買了幾杯咖啡，味道雖然苦澀，至少熱氣騰騰。我們大口喝著咖啡，一邊整理裝備。從停車場走到登山口大約半小時，剛好可以暖身。這時，天空落下幾滴雨珠，起先雨勢不大，但加上潮溼的霧氣，足以潤溼皮膚。我腦海中閃過一絲憂慮；天氣預報提到會降雪，因此許多登山客取消了原定的週末健行，我們也知道這條登山步道在雨雪影響下可能會很難走。昨晚我提出不入山的選項，結果遭到強烈反對。不過令人安心的是，我們抵達步道時看見前方的泥濘中雜揉著腳印。這裡除了我們之外，還有其他登山客。

我們踏上古老的伐木道，沿著陡峭的坡段深入杉林溪山區，揭開旅程序幕。我們拄著登山杖踩過溼滑的泥壤，愈往前走，紅檜的樹幹就愈粗。最近似乎有一輛曳引機上山，殘餘的齒狀輪印深深刻在地上，雨水開始積聚於車轍，形成小水窪。然而，走了一段後，泥濘逐漸減少，步道轉為密實的土壤，狹窄的路面只能讓一人通過，最多兩人同行。從步道的大小可以明顯看出這裡的伐木業都是手工砍伐，徒步搬運。

我們走了好久好久，大多時候只是專心邁步前行，一點一點征服路程長達七小時的水漾森林之旅。途中我們遇上一個登山團，至少有十五人擠在步道空地旁；我們經過時，一邊向他們打招呼。我不斷重複：「早安、早安」，他們也齊聲問候回應。

雨水從我的手腕滲進袖口，細細的水流從兜帽流到頸部，簡直度秒如年。雖然這條步道很好走，但嚴寒逐漸耗損我的精力，到了上午，我的四肢就變得虛弱疲軟。我停下腳步，打開裝著香菇高麗菜包和香煎蘿蔔糕的紙盒，儘管天氣寒冷，吃起來還是很美味，就像一場小小的盛宴。我一邊吃，一邊跳上跳下，讓身體保持暖和。不到五分鐘，我們就進入濃密的灌木叢。

涉入那片銀色草木的感覺就像在尖銳的蘆葦叢裡泡澡，周遭的蕨葉緊緊抓住雨珠，賞了我們幾記溼答答的耳光，緊接著，利如刀刃的樹葉映入眼簾，在我們的手和脖子留下紙割般的傷痕。高大的草木越過頭頂，擋住了前方的視野和步道，我們只能一腳在前，一腳在後，走過狹窄的小徑。我很快就發現自己沉浸在當下，努力游過草叢。

我們走向一座山間小屋，遇見一個超大登山團，大約有二十個登山客排成一列，前方還有個身穿螢光色防風外套、活潑歡快的女導遊。我們還沒瞥見他們的身影，就先聽見他們的聲音；導遊頸上掛著一臺小型收音機，不停播放中文流行音樂，伴著團員緩步走過狹窄的山徑。起先我很訝異，覺得好奇怪，來爬山卻不聽樹葉的沙沙聲和嘰嘰喳喳的鳥鳴；這群人默默看著我們經過，導遊綻放笑容，祝我們好運。我在他們之間感受到一種我所沒有的玩心；陪著他們健行的流行樂裡夾雜著笑語和輕鬆閒逸的氣息。我想起中文裡用來指稱登山客的詞及其散發的歡樂感——山友，愛好登山的朋友。

多年來，臺灣的登山步道與入山許可申請方法一直讓外國人不得其門而入，相關英文資訊很少，不過近幾年開始有所改變。由於不時需要翻譯步道標誌和路標，找出「山」、「森林」、「水」等認識的字詞，好辨識方向，我的中文閱讀能力隨著每次健行逐步增長。然而，在山區會遇見的登山客仍以臺灣人居多；我的粉紅色臉頰和捲髮讓我看起來就像個外國人。

通往高山森林的柵門就在前方不遠處。岩堆不是很陡，但比起剛才那條相對平坦的步道，眼前的景象令人望而生畏。石塊和土堆散布四周，雨水沿著固定住的攀繩滴落，岩路往上爬升約三十公尺，通往草木繁盛的懸崖邊緣，銜接登山步道。為了給大家一點信心，大衛率先出發，不用登山杖便敏捷地跳過岩縫；茱莉隨後跟上，我和艾力克斯因為登山經驗不足，卡在中間動彈不得。

我有點氣餒，只能一步一步慢慢爬，用登山杖的力量將身體往上推，同時緊抓著髒兮兮的繩索，以防背包的重量害我往後跌。這條路其實不難，只是坡度很陡；我沒有懼高症，但我的雙腿似乎每到山區就會開始怕高。攀上能高越嶺道的崩坍山壁時，我也感受到同樣的顫慄——一種淹沒我日常的魯莽、令人反胃的恐懼。我邊爬邊想，也許是因為有點年紀的關係。我母親也是這樣，每次都會遠離山徑邊緣。接近岩頂時，我開始覺得自己做不到，還犯了大錯回頭往下看。底下的登山客變得好小，我的頭一陣暈眩。

「妳已經爬百分之八十了！」我聽見大衛在上方喊道，於是便將注意力轉向剩下的百分之二十，拉著攀繩跨越最後幾道岩縫，爬上覆滿針葉的小徑。

這片高地長有如海綿般輕盈的常綠森林，土壤為酸性，排水良好，到處都是剝落下來微微褪色的朱紅色樹皮碎片。苔蘚從幽暗的谷壑中蔓延而出，將世界化成染上青綠與鐵鏽雙色的平坦國度。光線透過葉隙灑落，絲絲光縷在林霧籠罩下格外暗淡。樹木本身高得不可思議；一排排粗壯的杉木和檜木矗立在山坡上，有如戰場列陣的士兵，高聳入雲。樹林間沒有灌木叢，空氣中瀰漫著歲月的寧靜。步道就像寬敞的中殿，探入遼闊的森林。

臺灣檜木指的是臺灣原生的「紅檜」和「黃檜」，屬於柏科，又稱「扁柏」，以區別屬於柏樹科的其他柏樹，目前已列入瀕危物種。臺灣檜木由於樹幹粗壯、堅韌，且樹枝稀少，長期被視為珍貴木材。二十世紀初，日本政府砍伐阿里山周遭的山林，將山區用於林業發展，臺灣檜木就此聲名遠播。數十年來，這片長滿長壽樹木的森林不斷提供樟樹木材，滿足廟宇建築、雕刻與珍貴藥用油的需求。一九一二年二月，英國博物學家兼植物收藏家亨利．約翰．艾維斯（Henry John Elwes）來到臺灣，一心想探索這座隱於深山、雲霧繚繞的古老檜木林，同行的還有豐富了英國基尤植物標本館館藏、與早田文藏交換植株的植物學家威廉．羅伯．普萊斯（William Robert Price）。為了採集植物樣本和捕捉蝴蝶，艾維斯「坐在椅轎上由華人伕役抬上山，可說是最愜意的遊山方式」。

艾維斯寫到，除了喜馬拉雅山脈錫金邦的高峰之外，其他地方少有這類樹木。這些樹必須歷經數個世紀，於特殊環境條件下生長，其中又以涼爽潮溼之地為佳，高海拔與高溼度讓臺灣成為少數適合這些物種生長的地區之一。他們愈深入森林，樹木就愈茂密，除了樟樹和桃花心木外，還有蘭花點綴其間；最後艾維斯一行人終於在阿里山（日語羅馬音為Arisan）附近發現檜木的身影。那群檜木有五百到一千年歷史，每一百年可能只長大約三十公尺，「由此可知，」艾維斯寫道，「這些樹可能是世界上第二老的樹，僅次於加州巨杉（*Sequoia gigantea*）。」目前世界上共有七種扁柏屬（*Chamaecyparis*）植物，主要分布在北美西岸，其中紅檜與黃檜為臺灣種。艾維斯造訪臺灣時，巨木之間的間隔很廣，沒有苗木自細緻的土壤中探出頭。他發現這些樹耐受度很高，於是便把種子送回英國；在那裡，強韌的檜木和杉木足以抵禦寒冷的冬季，生長繁盛。隨後幾年，植物學家採集的樣本引起許多園藝花匠對臺灣杉木和檜木的興趣；儘管臺灣杉木和檜木的野外分布範圍依然有限，但當今全球各地植物園都可見它們的蹤影。

在一張珍貴的探險隊照片中，魁梧的艾維斯坐在一棵砍伐倒下、刨成木材的巨大杉木旁，樹幹至少比他寬三倍。根據他的描述，他不僅在被砍伐的樹木間走動，數算其中直徑超過二・五公尺、年輪超過四百道的樹，也觀察到他的日本嚮導與當地原住民勞工之間關係緊張。林業是當時的重點產業，政府因而開始繪製山區地圖，管理山林資源，當然也有許多人被迫從事伐木工作。艾維斯的《自然史與旅趣回憶錄》（*Memoirs of Travel, Sport, and National History*，暫譯）除了深入探察臺灣植物征服史外，更描繪出支撐其下的人類社群樣態。

隨著臺灣治權再度交予中國，檜木與杉木木材出口業迅速擴展，於一九七〇年代臻至巔峰。大部分出口木材都是運往日本，然而因環境壓力與日俱增，政府開始對林業進行更嚴格的控管。觀點與視角的轉變催生了保育運動，讓樹木免於滅絕的呼聲四起。臺灣是個快速發展的國家，近百年來，森林一直被視為重要資源。一九九一年，隨著臺灣走向民主，政府也通過森林法，禁止砍伐天然林。森林自此有了至關重要的觀光價值，民眾也愈來愈了解樹木有助於加強坡體結構，降低地震和山崩的危害強度或發生機率。不過，若不是因為民主體制與行動主義相結合，難保當時這些森林會走向何種境遇。

自禁令實施以來，臺灣檜木與杉木林已變成世上最艱困的保育鬥爭舞臺。山區步道旁豎立著至少使用五種以上語言的海報，警告盜伐者非法採伐的後果。林間空隙不時會出現遭到砍伐、寬約幾公尺的樹樁，憂傷地站在低垂的薄霧下。為了獲得非法伐木的巨額報酬（只要工作幾個小時就能換來一個月的薪水），多數盜伐林木的人趁著深夜攀上難以抵達又伸手不見五指的陡峭山坡，森林護管員則策略性聯合警力，運用鑑識技術打擊盜伐盜獵者。目前臺灣正在建置林木DNA資料庫，為非法木材樣本創造出有效的基因足跡，提供遭伐森林的鑑定線索，希望能提高起訴的成功率。事實上，盜伐團體和警方的工作都很危險，前者多半武裝上陣，其中大多是不穩定的移工，而遠端遙控這項非法產業的犯罪集團往往將盜伐者視為可棄的棋子。步道旁的海報畫了一隻戴著小偷面罩的老鼠（山老鼠，盜獵盜伐者的暱稱），也許是想表達出一種蔑視，對這類複雜的野生動植物犯罪行為感到不齒。

眼前的樹木峨然參天，高到幾乎看不見枝幹，綠葉從樹冠旁橫生的枝椏垂落，彷彿蓬鬆的髮絲披散在頸上。斜斜的綠蔭與挺拔的樹幹形成強烈對比，很像中文裡組合成森林的「木」字。木為漢字的部首之一，意指樹木，字形結構往兩旁和上方伸展，又寬又高。這個字就像木材一樣，建構出許多相關字詞，例如樹、林（意為樹叢、樹林）、森林等，樹木的形狀愈多，表示林地的規模愈大。此字如同這些山中巨木，蘊藏無限可能。以它們的大小來看，雙木就能成林。

瑞典植物學家卡爾・林奈（Carl Linné）被稱為現代分類學之父，從字面上來看，他的中文譯名「林奈」意為「與森林有關的人」或「忍受森林的人」，英文則是將他的姓名分類，寫成 Carl Linnaeus，前者似乎將植物學本身的含義夾藏在他的譯名裡，感覺還不賴。我想到我的姓氏也有木（李），外婆的名字更是木字林立。森林可以構築出我們的身分和真實樣貌，這個想法讓我的心頓時平靜不少。就像天梯一樣，樹木是連結世界的橋梁。

通往水漾森林的下坡路段很陡，我們沿著險峻山脊往下走，經過礫石遍布的闊葉混合林，探入下方的山谷。雨水讓斜坡危險依舊，我們慢慢前進，不時緊抓攀繩蹲低身子，踩上一公尺外的岩石基腳。我的膝蓋很痛，爬這段真的很痛苦，每走一步，關節就如針刺般難受；我開始沉默不語，內心滿是疲憊和沮喪。我們已經走了很久，上方靜謐的森林算是一點慰藉。最後一段下坡路讓我們大為驚喜；經過四十分鐘的漫長路程，谷底豁然敞開，迎向林木蒼鬱的湖邊空地。

陽光直直射進山谷，樹皮剝落的蒼白枯樹以潮溼的林間為家，傍晚的天光蕩漾其間。這座湖讓我想起在德國看到的赤楊，小溪蜿蜒流過在水中茁壯的森林。臺灣杉木的殘遺看起來詭譎神祕，空洞的樹幹矗立著，斷枝殘幹被太陽曬得褪成白色，參差不齊的末梢尖突而出。

臺灣杉（*Taiwania cryptomerioides*）為此地發現的物種之一，早田文藏以地名（臺灣）和屬名（柳杉屬）為其命名，而柳杉屬的拉丁文「*Cryptomeria*」從字面來看意為「隱藏的部分」，指胚珠隱藏在毬果果鱗內。早田認為臺灣杉是他植物學生涯中最偉大的成就，還以此為題撰寫多篇文章。後來杉木成為熱門的棺木製材，因此有個別稱叫「棺材樹」，我覺得水漾森林的景色細看其實很符合這個名稱；逝去的生命在森林墓園裡縈繞不去，脈動的林間充滿魅人的能量，瀰漫著一股恐怖電影般的詭異氣氛。

我們在湖泊對岸紮營，避開礫石灘，那裡已經有人搭建了臨時營地，準備供應飲食給即將到來的登山團，我猜這項服務應該會額外收費。我們所處的遠岸較為僻靜，周遭環繞著平淺的礫石灘，很難敲下釘樁固定帳篷，但勉強可行。我雖然身體疲累，心裡卻很滿足，決定坐下來喝杯熱飲。

我替大家倒好熱茶，然後到湖岸找了一塊大石頭，獨自坐在上面默默啜飲。傍晚時分，湖面一片平靜，就像完美的鏡子，映照出每棵樹的倒影。我握住搪瓷馬克杯，這是我繼早餐後第一次感受到溫熱的暖意。我靜下心，直到耳邊只聽見自己呼吸起伏，還有偶爾拂過蒼鬱山頭的風聲。一隻有冠羽，背部呈暗色，腹部為黃色的鳥從林木繁茂的山坡飛向湖畔，在礫石灘的樹木旁停留片刻，小小的身軀映在水面上閃閃發光。我凝視眼前的景象，留意樹林邊緣每一絲細微、閃現而過的動靜，與此同時，這短暫的一幕向外延展，探入寧靜的永恆。才一眨眼，那隻黃山雀——臺灣最稀有的鳥類之一——便消失無蹤。

夕陽在樹木背後閃耀著金色光芒，碧綠色湖水在光線照射下變得更加鮮豔。其他登山客陸續抵達，我看著他們為自己的成功歡呼，好奇地望著湖面。他們聚集在對岸拍照，於落日餘暉中擺姿勢，天空染上一縷縷粉色和藍色，樹木的陰影在昏暗的玫瑰色白熾燈映襯下顯得格外深沉。鏡像世界消失在無盡的黑暗裡，睡意輕聲呼喚。帳篷準備好了，裡面很溫暖。

不過，就在墜入疲憊的睡眠之前，我決定走出帳篷，踏入黑夜。呼出的氣息於寒冷的林間化成白霧，我搓揉雙手，試著在摩擦中尋找一點溫暖，接著抬頭凝望遠方。只見夜空中繁星點點，就像漆黑的天篷沾著明亮的露珠，這大概是我見過最澄澈的天空。這座堰塞湖的來世蒙上一層黑暗，但懸著月牙的天空會永遠綻放光芒。

早晨空氣清冷。我不到五點就醒了，藍色薄霧自湖面冉冉上升，陽光尚未觸及此地。帳篷被凝結的水珠浸溼，每動一下都會有水滴在身上。寒冷的空氣讓我呼吸急促，每次呼氣都會噴出溫暖的鼻息。儘管身處山谷，這裡仍是海拔兩千公尺處，臺灣的十二月也有很冷的時候。我開始煮粥和咖啡，不光是為了暖暖手，也是為了讓感官變得更敏銳。

我在燕麥中加了一大堆紅糖，養分和咖啡因在我的血液中奔流。我們開始打包行李，希望能趕在其他登山團前面，搶先踏上步道。他們還沒起床吃早餐，不過好像開始有動靜了，我能聽見湖泊對岸傳來拉開帳篷拉鍊的聲音，我們不想跟在一大群人後面登上檜木步道。我花了點時間掃視薄霧瀰漫的水漾森林，湖水比昨天藍好多，大概是雨後泥沙沉澱下來，我能一路看進波光粼粼的湖泊深處，眼前的畫面令人難以抗拒。

我轉向三位友人，話都還沒出口，他們就已經搖頭回答我的問題。對岸的登山客陸續步出帳篷，林間的青色霧靄讓他們大為驚嘆。我踢掉靴子，脫下衣服，換上泳衣，帶著有點遲疑的心溜到戶外，靜靜地在銀色溪谷間泅泳。我游向殘存的杉木，上頭新長出來的蕨類植物環繞著湖水和空氣間的縫隙生存。地震重擊了這片森林，但這座湖是一個新的地方，一個新的生態系統，隨著時日穩定成長。我看著整片風景染上顏色，老樹蒼翠，湖水湛藍，天空投下溫暖的陽光。圍觀民眾喋喋不休的說話聲逐漸消失，變成低沉的悶響，我只聽見自己划水的聲音。

我們踏出山谷，登上坡頂時，燦爛的早晨已然降臨，清澈的藍天閃耀著熾熱的陽光。從這個高度遠眺，可以看見昨天被雲層籠罩的東側山脈，以及下方湖中的幽靈樹。

這片森林中的杉木過去曾繁盛一時，在遙遠的阿拉斯加和歐洲都發現了它們的化石，前者可追溯到一億年前，後者則是大約六千萬年前。這些樹曾遍布北半球，如今卻孤零零佇立在少數地區，瀕臨絕種。杉木常再生於受山崩、火災等干擾後的裸地，它們按照自己的步調於不穩定的山坡上扎根，經由風、落石和自然災害向外擴展。

薩依德寫道，人類習慣將失去浪漫化，傾向於在文學作品中渲染、頌揚人們與家國間無可消弭的鴻溝。我經常咀嚼他的文字，發現這些話語準確表達出我內心的情感。薩依德提到我們如何美化孤獨死。我想起那些曾在遙遠的地方落腳，如今卻逐漸消失的樹木。外公在沒有我們的陪伴下骨瘦如柴地死去。他的記憶消逝，但他失去的地方沒有被遺忘，而是以他不知道的方式刻寫在他心底，滲入語言和肢體。

外公後來無法進食，健康狀況因而快速惡化。有天夜裡，他心臟衰竭，就這樣孤零零地離開這個世界。正是因為這種孤獨，我才無法原諒自己。他的死一點也不美麗。

長久以來，我一直被不屬於自己的回憶引導，將臺灣當成一個充滿哀愁的地方。我背負著外公去世的沉重走入風景，內疚與悲痛交織在一起。然而，他和外婆的死讓我有了新的機會去了解、去探尋。悲傷的重量減輕，滲進骨裡。這座杉木林中的古樹跨越了我們的家族歷史，人類的三代在它們面前極為渺小。無論我們存在與否，森林都會屹立於世。

陽光探進底下的深谷，照耀在褪成白色、如骷髏般的枝幹上，湖面像鏡子一樣光滑。我游泳的時候，湖水變得色彩繽紛，彷彿皮膚瞬間湧上血色；從這個高度俯瞰，湖泊似乎更鮮豔了。我望著那些棺材樹，不曉得湖畔森林裡有沒有無生命的存在。

16

每逢冬季，北部經常下起滂沱大雨。臺北周圍的山區烏雲密布。每天早上離開公寓時，我都會沿著成福路朝四獸山的方向遠望，向那些山峰打招呼。山間潮溼的綠似乎化成了雲，彷彿雨水來自樹木本身。山陵讓我明白一件外公也許再清楚不過的事：飛行就是探向雲端的旅程。

七星山座落在城市與大海之間，連綿的群山於淡水河和海岸間陡然爬升。今天因為豪雨和霧氣的關係，看不清楚山影，但空氣中有種超脫塵俗又狂暴的聲音，伴隨著嘶嘶溢散的硫磺臭味，變得更加懾人。我從沒聽過這樣的噪響。火山噴氣孔在底部沸騰，地下水加熱升溫，直到蒸氣從岩石上的小裂縫噴發出來。

十七世紀時，郁永河渡海來臺，前往北部勘採硫磺。當時人們已知臺灣島北端的大地會冒煙（火山噴氣口的英文fumaroles源自拉丁語的fumus，意為「煙」），湖泊和溪流會沸騰。到了十九世紀，郇和寫信給英國皇家地理學會，描述他在臺灣的見聞，提到了硫磺礦脈附近的火山裂谷「呈現暗淡又病態的黃紅色調；（中略）高溫蒸氣挾著響亮的噪音和強大的力量噴湧而出，就像高壓引擎從排氣管釋放蒸氣一樣」。如今那道斜坡看起來就像山間裂開的傷口。我看到步道旁有一小池滾沸的泉水，硫磺從裂縫中噴散出來，周圍的岩石染上了一層黃綠色，感覺這種顏色不屬於大自然，而是來自地心深處的異世界。附近的芒草開出紅色的花朵，而非一般的白花。

七星山與臺北北部的二十多座火山合稱為大屯火山群，一直往東延伸到基隆。大約兩百八十萬年前，臺灣下方的構造板塊互相碰撞，致使火山噴發；熔岩流出形成安山岩，逐漸冷卻，然後休眠。八十萬年前，火山再次噴發，形構出這片北方群山中的幾座小山，也就是七星山，岩漿逐漸堆疊成七座山峰，探入天際。山丘上長滿了青草，整個地區看起來非常柔軟（七星山別稱草山）。火山噴發活動約莫在二十萬年前停止，但至今仍有潛在的威脅；岩漿庫往東延伸到依舊活躍的龜山島火山，目前科學家只能持續推測，無法確定大屯火山何時會再次噴發。

七星山的高度讓該處山區很容易受到惡劣天候影響。每當東北季風從海上來襲，七星山首當其衝，迎風坡只有芒草能存活，而南坡位於背風面，能抵禦寒風，土壤下的地熱活動也能帶來溫暖，因此有零星樹木棲居。登山步道旁不時出現被風吹彎的孤樹，我會飛快瞥一眼樹葉，看看是不是昆欄樹（別名山車、雲葉樹）。昆欄樹有輻射狀的常綠葉片，看起來跟輪子差不多，夏天開花時，它的花序就像輻條。根據最初的資料記載，這種樹主要分布在中央山脈與世隔絕的森林裡，一九一二年與艾維斯同行的植物學家普萊斯更拍下了樹木照片。昆欄樹一般生長在海拔兩千到三千公尺的地區，但在七星山，它們的扎根地低至海拔八百公尺。

昆欄樹的植物學起源眾說紛紜。分類科學的改變影響到它所屬的目。關於昆欄樹最早的紀錄出現在日本，此物種不斷從一科轉移到另一科，最後終於在新的「昆欄樹目」（*Trochodendrales*）中找到自己的定位。昆欄樹目下有兩個屬，各有一種。其他屬於昆欄樹屬的物種都滅絕了，只剩下遙遠大陸上發現的化石。

目和屬的改變對昆欄樹來說有意義嗎？我不知道，只知道它吹著海風，孤單地生活在這些崎嶇山巒間。

要是我們沒有找到外公的信和那張電話帳單會怎樣？我經常想像他提筆書寫的畫面，那時他的記憶仍於自我存在的空隙間流動，尚未完全被病魔吞沒。

我母親將在數月後登上飛往中國的班機，現在的中國和外公外婆當時離開的那片土地截然不同。她會造訪外婆長大的老家，見到其他素未謀面的家人嗎？不知道那間古老的大宅，城區周圍的香燭鋪、大豆加工廠、烘焙坊和茶館，如今還剩下什麼？她會看到外公生活的北方村莊，祭掃家族祖墳嗎？

我常想董平見到母親時會說什麼。她會在我母親臉上發現什麼熟悉的事物嗎？

我再過幾天就要離開臺灣，飛回柏林。我感受到離別的重量，一種不能同時身處兩地而產生的支離破碎的挫敗感。我想留下來，但又不得不回去。

過去一週我都在為離別做準備。我去了媽媽從前住的舊公寓，回憶建築外觀、窗框和風化的混凝土。我還去了靜嫻阿姨家吃午飯，隔著餐桌緊握著她的手。桌上擺滿了我最喜歡的臺灣料理，有滷蛋、漬豆皮、肉粽和高麗菜。吃到一半，阿姨突然起身離開，拿了一塊年久暗淡的大砧板回來。

「妳外公給我這個，」接著她又用英語補充，「六十年前，我還年輕的時候。」

這塊砧板她用了一輩子，在光滑的表面上擀麵團，就像外公做餃子或韭菜盒時那樣。我伸手摸摸涼爽的奶油棕木砧板，用指尖感受他曾經擁有的東西，這塊砧板承載了許多家族記憶，離我好近好近。我哽咽吞下湧上的淚水，不想把悲傷帶到靜嫻阿姨的餐桌上。我喝了一口茶，將情緒藏進溫暖的茶香裡。

吃完午餐後，阿姨陪我走到電梯口，給我一個大大的擁抱向我道別。電梯門滑開，正當我踏進去準備離開時，阿姨用英語清晰地喊道：「聖誕快樂！」電梯門緩緩關上，我緊貼著鏡牆，方才一直壓抑的情緒如波濤般襲來，淹沒了我。我哭不是因為失去，而是因為我知道自己有了家人。走到街上那一刻，我的手機收到一則訊息，是阿姨傳來的史努比貼圖，黑白二色的卡通狗懷中湧出一堆愛心。我沿著和平路往前走，阿姨那種輕鬆愉快的家人之愛讓我感受到滿滿的快樂。

那天晚上，夏琳帶我去龍山寺。昏暗的城市夜色籠罩著廟宇，只有殿廳裡的成簇香燭火光點亮四周。後殿供奉的媽祖讓我有種親切感，得以清楚思考，正因為外公和外婆安全踏上臺灣這座海上家園，我們才能回到這個地方。我屏住呼吸，耳邊只聽見黑暗；周遭突然復電，金色的光線湧入大廳，以幫浦抽送的小溪在廟埕一旁的人工瀑布下奔流。我離開龍山寺，感謝黑暗給了我那片刻的沉默。

七星山模糊了我的感官。強風呼嘯著掠過草叢，我聽不見腦中的思緒。接近山頂時，我壓低身體貼近臺階，以免被風吹走。山嵐將周遭的世界染成白色，每一次呼吸都像吸進寒冰。雨勢漸小，稀稀落落的雨點不時打在我臉上，不過沒關係，反正我早就被雨水和冷汗浸得全身溼透。我在不適中找到了快樂。

山頂上有片空曠的高原，四周岩石遍布，還有一座小小的木製平臺。柱子上刻著海拔一一二〇公尺，山坡那一邊，在我所站的火山下某處，就是城市。從七星山可以遠眺臺北，另一側可以望見海岸。此時此刻，天空蒙上一層厚厚的烏雲，幾乎看不到我走過的地方，看不到城裡的巷弄，也看不到河畔的松山機場，只能嚐到雨水滴進嘴裡的味道，感受到寒風吹過四肢的冷冽。

我很渴望風景，想從高處看看臺灣這座島，可惜天公不作美。從這片蒼白潮溼的天空不見放晴的跡象，但我認識了雨天的白；認識從北部一路延伸、沖刷此地的河流；積聚在雲際、映著陽光的霧；還有樹冠上煙靄繚繞、繁茂蒼翠的森林。

我迎著島嶼天光，在淡淡的清冷中駐足半晌，踏上下山的路。

謝辭

每本書都是在許多人的努力下才得以問世。要是沒有名副其實的「林」——也就是那些臺灣、加拿大、英國、德國、香港和澳洲夥伴的支持，這本書就不可能完成。

謝謝本書編輯蘭妮·古丁斯（Lennie Goodings），你的耐心、指導和洞察敏銳的編輯眼光轉化了這個自茫昧中誕生的故事。

還有我的經紀人大衛·戈德溫（David Godwin），當時你在倫敦布隆伯利（Bloomsbury）一個繁忙街角的紅綠燈前，第一次聽我講外公、外婆的故事——謝謝你喜歡這個點子，並在我茫然無措時伸出援手，幫助我堅持下去。

感謝DGA出版經紀公司（David Godwin Associates）的莉賽特·

維哈根（Lisette Verhagen）和菲莉帕・希特斯（Philippa Sitters），你們讓寫作和出版變得好有趣、好快樂！謝謝你們所做的一切。

此外，我還要向Virago出版社的員工致意，謝謝你們的熱情、專業，以及對細節的追求，和你們合作非常愉快。其中特別感謝柔伊・葛倫（Zoe Gullen）在校稿上的用心。

謝謝賈絲敏・魏（Jasmine Gui）細心、詳盡地翻譯我外公的信；另外也非常感激其他譯者，你們的付出在此難以細述。

感謝所有在臺灣幫過我的人。言語無法表達出我對這個國家的愛和祈望有多深。真的謝謝你們。若書中有任何錯誤，全是我的責任。

謝謝喬許（Josh）和席琳（Celine）招待我去你們臺北的家；「臺灣大冒險」（Taiwan Adventures）的斯圖（Stu）和羅斯（Ross）帶我穿越能高越嶺道，安全走過懸崖；克里斯多夫（Christoph）陪我在城市中漫步，暢聊卡夫卡和各式各樣的想法；熱愛探索山徑的亞歷山卓（Alexjandro），不吝分享登山心得和見解的茱莉（Julie），還有大衛

（David），謝謝你的時間和友誼，讓許多旅程成為可能（當然也是因為你有駕照啦）。另外，我還要感謝臺南Dorm1828及其全體員工，提供旅人一個寧靜的好去處。多謝小白兔唱片讓我買到一張可一直重複播放、百聽不膩的原聲帶。臺北的樂樂咖啡、柏林的Lorch und Söhne和Hermann Eicke咖啡館，謝謝你們陪我度過漫長寫作時光。

非常感謝國立臺灣文學館的程鵬升先生親自導覽，帶我參觀展館，讓我認識臺灣自然書寫的歷史，還邀請我以本書加入「臺灣文學」的行列，我實在萬分感激。

謝謝夏琳（Charlene）用鏡頭捕捉我家人錯過的那些年歲和城市，讓我知道原來冰淇淋加香菜好玩又好吃；凱西和西蒙提供我住的地方，一直當我的啦啦隊替我加油，待我就像女兒一樣。另外我也要感謝安（Anne）相信我、陪我游泳；喬安娜（Joanna）容忍我二十多年（還讓我借住她家）；我的守護天使珍（Jane）始終給我滿滿的支持。潔西卡（Jessica）、克蘿伊（Chloe）、艾拉（Isla）和湯姆（Tom），謝謝你們一路走來不斷鼓勵我。史黛菲（Steffi）和史蒂芬（Stefan），謝謝你們對我的作品充滿信心，以及你們的女兒露卡（Luca）對書名無可動搖的堅持，甚至早在書寫完之前就在馬克杯上畫了兩棵樹。謝謝潛在無數個日子裡伴著菊花茶，耐心地教我華語。瑞秋（Rachel）和艾莉莎（Alyssa），你們做的一切，特別是閱讀草稿和寄發期刊文獻，我永遠感恩不盡。感謝蘿拉阿姨（Laura）提供豐富的故事和長遠的觀點，讓我更認識自己的家族。還有靜嫻姨婆，要感激妳的太多，最重要的是謝謝妳用大大的擁抱歡迎我們回家。

此外，有群女性給了我撰寫本書的力量和信念，其中大多數人在我最需要她們的時候走進了我的生命：艾瑪莉（Emma-Lee）、朵瑞塔（Doretta）、娜恩（Nine）、瑟娜（Sennah）、喬伊（Joy）、明、美蘭、崔西（Tracy）、羅雲（Rowan），以及跟我長得超像、有如失散姊妹的潔絲（Jess），謝謝你們常提醒我：這是個值得道出的故事。

感謝我的家人一直以來的支持。謝謝爸爸早年造訪臺灣留下的老照片、書籍和復古的小玩意，我在寫這本書時經常拿出來回味。

瑞卡多（Ricardo），真的很謝謝你，尤其是學會說「烏龜」、「啤酒」、「冰淇淋」和「我愛你」的中文。我愛你！

妮卡（Nika）——全世界最強（不誇張）、最有愛的姊姊。非常感謝。

媽媽，沒有妳，這個故事就不存在。謝謝妳。我愛妳。

謝謝我的外公曹崇勤和外婆楊桂林，無論你們現在在哪裡，我都希望你們知道，我永遠愛你們。

若沒有英國作家協會（Society of Authors）旗下作家基金會的慷慨補助，以及加拿大國家藝術委員會（Canada Council for the Arts）的創作獎助計畫，這本書就不可能成真。非常感謝他們給我時間琢磨這本書，並且大力支持、扶植許多心懷出書夢的作家。

最後，我要謝謝閱讀這本書的讀者，謝謝你們投入時間於書頁中棲居、感受這座海島。為此，我永遠感念在心。

文獻目錄

圖書館、檔案館、資料庫

Bayerische Staatsbibliothek: https://www.bsb-muenchen.de

British Library: https://www.bl.uk

Digital Taiwan: Culture and Nature, 2011: http://culture.teldap.tw/culture/index.php

The International Plant Names Index (IPNI), 2012: http://www.ipni.org

National Central Library of Taiwan: https://enwww.ncl.edu.tw

Staatsbibliothek zu Berlin: https://staatsbibliothek-berlin.de

Plants of Taiwan Database of Historic Floras, 2014: http://tai2.ntu.edu.tw

Special Collections and Archives Division, History of Aviation Archives, University of Texas at Dallas: https://www.utdallas.edu/library/special-collections-and-archives/

引用文字

14th Air Force Association. *Chennault's Flying Tigers: 1941–1945.*

Dallas: Taylor Publishing Company, 1982. Adams, Frank Dawson. *The Birth and Development of the*

Geological Sciences. Baltimore: The Williams and Wilkins Company,

1938.

Agnew, Duncan Carr. 'History of Seismology'. *International Handbook of Earthquake and Engineering Seismology* 81a (2002): 3–11.

Andrews, Susan. 'Tree of the Year: Trochodendron aralioides'. *International Dendrology Society Yearbook* (2009): 28–48.

Angiosperm Phylogeny Group. 'An update of the Angiosperm Phylogeny Group classification for the orders and families of flowering plants: APG III'. *The Botanical Journal of the Linnean Society* 161 (2009): 105–21.

Aspinwall, Nick. 'Taiwan's Silent Forest Wars'. *The Diplomat* (18 July 2018). https://thediplomat.com/2018/07/ taiwans-silent-forest-wars/

BirdLife International. 'Machlolophus holsti'. T*he IUCN Red List of Threatened Species 2016: e.T22711939A94313030* (2016).

——. 'Platalea minor'. *The IUCN Red List of Threatened Species 2017: e.T22697568A119347801* (2017).

——. 'Spotlight on flyways'. BirdLife International Data Zone (2010). http://www.birdlife.org/datazone

Birrell, Anne (trans.). *The Classic of Mountains and Seas*. London: Penguin, 1999.

Bourgon, Lyndsie. 'How Forest Forensics Could Prevent the Theft of Ancient Trees'. *Smithsonian Magazine* (6 September 2017). https://www.smithsonianmag.com/science-nature/how-forest-forensics-could-prevent-the- theft-ancient-trees-180964731/

Central Geological Survey. 'Geology of Taiwan'. Central Geological Survey, MOEA (2018). https://www.moeacgs.gov.tw/english2/

twgeol/twgeol_eastern_1.jsp
Chang, Bi-yu. *Place, Identity, and National Imagination in Postwar Taiwan.* Abingdon: Routledge, 2015.
Chang, Kang-i Sun. *Journey Through the White Terror: A Daughter's Memoir*. Translated by Kang-i Sun Chang and Matthew Towns. Taipei: National Taiwan University Press, 2013.
Chang, Wen-Yen, Kuei-Pao Chen, and Yi-Ben Tsai. 'An updated and refined catalog of earthquakes in Taiwan (1900–2014) with homogenized Mw magnitudes'. *Earth, Planets and Space* (2016) 68, no. 45.
Ch'en, Kuo-tung. 'Nonreclamation Deforestation in Taiwan, c. 1600–1976'. In *Sediments of Time: Environment and Society in Chinese History*, edited by Mark Elvin and Liu Ts'ui-jung, 693–727. Cambridge: Cambridge University Press, 1998.
Chen, Chi-Wen, Hitoshi Saito, and Takashi Oguchi. 'Rainfall intensity–duration conditions for mass movements in Taiwan'. *Progress in Earth and Planetary Science* (2015): 2–14.
Chen, C. Y., W. C. Lee, and F. C. Yu. 'Debris flow hazards and emergency response in Taiwan'. *Transactions on Ecology and the Environment* 90 (2006): 311–20.
Chen, Pingyuan. *Touches of History: An Entry into 'May Fourth' China*. Translated by Michel Hockx, Maria af Sandeberg, Uganda Sze Pui Kwan, Christopher Neil Payne, and Christopher Rosenmeier. Leiden: Brill, 2011.
Chen, Tze-ying. 'Protecting Ancient Beauty of Nature'. *National Park Quarterly* (March 2009).
Chen Wen-bin and James Friesen. *An Illustrated Guide to Native*

Formosan Plants. Taipei: Shulin Publishing Company, 2015. [Original Chinese-English Edition: 陳文彬，James Friesen。看見台灣原生植物（中英對照）。台北：書林出版公司發行人，2015.

Chen, Yi-Chang, Chen-Fa Wu, and Shin-Hwei Lin. 'Mechanisms of Forest Restoration in Landslide Treatment Areas'. *Sustainability* 6 (2014): 6766–80.

Chen, Zueng-Sang, Zeng-Yei Hseu, and Chen-Chi Tsai. *The Soils of Taiwan*. Dordrecht: Springer, 2015.

Chennault, Claire Lee. *Way of a Fighter: The Memoirs of Claire Lee Chennault*. Edited by Robert Hotz. New York: G. P. Putnam's Sons, 1949.

Cheung, Dominic (trans.). *The Isle Full of Noises: Modern Chinese Poetry from Taiwan*. New York: Columbia University Press, 1987.

Cheung, Han. 'Gas Bombing of the Sediq'. *Taipei Times* (25 October 2015).

Cheung, Raymond. *Aces of the Republic of China Air Force*.

Oxford: Osprey, 2015.

Chiang, Tzen-Yuh, and Barbara A. Schaal. 'Phylogeography of Plants in Taiwan and the Ryukyu Archipelago'. *Taxon.* 55 (2006): 31–41.

Chigira, Masahiro, Wen-Neng Wang, Takahiko Furuya, and Toshitaka Kamai. 'Geological causes and geomorphological precursors of the Tsaoling landslide triggered by the 1999 Chi-Chi earthquake, Taiwan'. *Engineering Geology* 68 (2003): 259–73.

Chiu Yu-tzu. 'In the shadow of giants'. *Taipei Times* (30 September,

2002).

Chou, W. C., W. T. Lin, and C. Y. Lin. 'Vegetation recovery patterns assessment at landslides caused by catastrophic earthquake: A case study in central Taiwan'. *Environmental Monitoring and Assessment* (May, 2009): 152–245.

Chou, Wan-yao. *A New Illustrated History of Taiwan*. Translated by Carole Plackitt and Tim Casey. Taipei: SMC Publishing, 2015.

Chow, Tse-tsung. *The May Fourth Movement: Intellectual Revolution in Modern China*. Cambridge, MA: Harvard University Press, 1964.

Chung, Oscar. 'Spoonbills, Wetlands, and Stories of Old Taiwan'. *Taiwan Today* (1 April 2010).

Council for Economic Planning and Development (ed.).

Adaptation Strategy to Climate Change in Taiwan. Council for Economic Planning and Development: Taipei, 2012.

Craven, Wesley Frank, and James Lea Cate (eds.). *The Army Air Forces in World War II Volume IV: The*

Pacific – Guadalcanal to Saipan (August 1942 to July 1944).

Washington: Office of Air Force History, 1983.

——. *The Army Air Forces in World War II Volume VI: Men And Planes*. Washington: Office of Air Force History, 1983.

Croddy, Eric. 'China's Role in the Chemical and Biological Disarmament Regimes'. *The Nonproliferation Review* (Spring, 2012): 16–47.

Crossley, John N. *Hernando de Los Ríos Coronel and the Spanish Philippines in the Golden Age*. Farnham: Ashgate, 2011.

Department of Forestry and Nature Conservation, Chinese Cultural University. 'Long-term Ecological Study of Yangmingshan National Park: Vegetation changes and succession'. Taipei: Office of the Ministry of the Interior: 2003. [Original in Chinese：中國文化大學森林暨自然保育學系研究主持人，陽明山國家公園之長期生態研究：植被變遷與演替調查。內政部營建署陽明山家公園管理處委託研究報告，中華民國九十二年十二月。]

Donato, D. C., J. B. Kauffman, D. Murdiyarso, S. Kurnianto,

M. Stidham, and M. Kanninen. 'Mangroves among the most carbon-rich forests in the tropics'. *Natural Geoscience* 4 (2011): 293–7.

Duke, N. C., J. O. Meyneke, S. Dittman, et al. 'A world without mangroves?' *Science* 317 (2007): 41–2.

Elvin, Mark, and Liu Ts'ui-jung (eds). *Sediments of Time: Environment and Society in Chinese History*. Cambridge: Cambridge University Press, 1998.

Elwes, Henry John. *Memoirs of Travel, Sport, and Natural History*.

Edited by Edward G. Hawke. London: Ernest Benn Limited, 1930.

Erwin, Kevin L. 'Wetlands and Global Climate Change: The Role of Wetland Restoration in a Changing World'. *Wetlands Ecology and Management* 17 (2009): 71–84.

Esherick, Joseph W. (ed). *Remaking the Chinese City: Modernity and National Identity, 1900–1950*. Honolulu: University of Hawai'i Press, 2000.

Fenby, Jonathan. *Generalissimo: Chiang Kai-shek and the China He Lost*. London: The Free Press, 2003.

——. *The Penguin History of Modern China: The Fall and Rise of a*

Great Power, 1850–2008. London: Allen Lane, 2008.

Ferry, Timothy. 'Wushe Legacy'. *Taiwan Today* (1 November 2010).

Frodin, David G. *A Guide to the Standard Floras of the World: An Annotated, Geographically Arranged Systematic Bibliography of the Principal Floras, Enumerations, Checklists and Chorological Atlases of Different Areas*. Cambridge: Cambridge University Press, 2010.

Gao, Pat. 'Birding Taiwan'. *Taiwan Today* (1 August 2013). Glosser, Susan L. *Chinese Visions of Family and State, 1915–1953.*

Berkeley: University of California Press, 2003.

Grant, Rachel A., Tim Halliday, Werner P. Balderer, Fanny Leuenberger, Michelle Newcomer, Gary Cyr, and Friedemann T. Freund. 'Ground Water Chemistry Changes before Major Earthquakes and Possible Effects on Animals'. *Int. J. Environ. Res. Public Health* 8 (2011): 1936–56.

Greenwood, Sarah, Jan-Chang Chen, Chaur-Tzuhn Chen, and Alistair S. Jump. 'Community change and species

richness reductions in rapidly advancing tree lines'. *Journal of Biogeography* (2016): 1–11.

Grimshaw, John. 'Tree of the Year: Taiwania cryptomerioides'.

International Dendrology Society Yearbook (2010): 24–57.

Hayata, Bunzo. *Icones Plantarum Formosanarum.* Taihoku (Taipei): Bureau of Productive Industries, Government of Formosa, 1911–21.

He, Long-Yuan, Cindy Q. Tang, Zhao-Lu Wu, Huan-

Chong Wang, Masahiko Ohsawa, and Kai Yan. 'Forest structure and regeneration of the Tertiary relict Taiwania cryptomerioides in the Gaoligong Mountains, Yunnan, southwestern China'. *Phytocoenologia* 45 (2015): 135–56.

Hsia, Li-Ming, and Ethan Yorgason. '*Hou Shan* in Maps: Orientalism in Taiwan's Geographic Imagination'. *Taiwan in Comparative Perspective* 2 (2008): 1–20.

Hsiao, Mu-Chi. *A Field Guide to the Birds of Taiwan.* Taipei: Wild Bird Society of Taipei, 2018.

Hsiau, A-chin. *Contemporary Taiwanese Cultural Nationalism.*

London: Routledge, 2000.

Huang, Cary. 'Is Taiwan Trying to Erase Links to Mainland China, or Forget a Bloody Past?'. *South China Morning Post* (16 December 2017).

Huang C-C., T-W. Hsu, H-V. Wang, Z-H. Liu, Y-Y. Chen, C-T. Chiu, et al. 'Multilocus Analyses Reveal Postglacial Demographic Shrinkage of Juniperus morrisonicola (Cupressaceae), a Dominant Alpine Species in Taiwan'. *PLoS ONE* 11.8 (2016): e0161713.

Huang, Tseng-chieng, et al. *Flora of Taiwan*. 2nd edition.

Taipei: Editorial Committee of the Flora of Taiwan, 1994–2003.

Ikeya, Motoji. *Earthquakes and Animals: From Folk Legends to Science*. Singapore: World Scientific Publishing Co., 2004.

Jump, Alistair S., Tsung-Juhn Huang, and Chang-Hung Chou. 'Rapid altitudinal migration of mountain plants in

Taiwan and its implications for high altitude biodiversity'.

Ecography 35 (2012): 204–10.

Keating, Jerome F. *The Mapping of Taiwan: Desired Economies, Coveted Geographies*. Taipei: SMC Publishing, 2011.

Kim, Kwang-Hee, Chien-Hsin Chang, Kuo-Fong Ma, Jer- Ming Chiu, and Kou-Cheng Chen. 'Modern Seismic Observations in the Tatun Volcano Region of Northern Taiwan: Seismic/Volcanic Hazard Adjacent to the Taipei Metropolitan Area'. *TAO* 16.3 (2005): 579–94.

Leary, William. *The Dragon's Wings: The China National Aviation Corporation and the Development of Commercial Aviation in China.* Athens: University of Georgia Press, 1976.

——. *Perilous Missions: Civil Air Transport and CIA Covert Operations in Asia.* Washington: Smithsonian Institution Press, 2002.

Lee, Shun-Ching. 'Taiwan Red- and Yellow-Cypress and Their Conservation'. *Taiwania* 8 (1962): 1–15.

Leeker, Joe F. *The History of Air America.* 2nd edition. Dallas: University of Texas Dallas, 2015. eBook. https://www. utdallas. edu/library/specialcollections/hac/cataam/ Leeker/history/

Li, Hui-lin, et al. *Flora of Taiwan.* 1st edition. Taipei: Epoch Publishing Company, 1975–1979.

Li, Kuang-chün. 'Mirrors and Masks: An Interpretive Study of Mainlanders' Identity Dilemma'. *Memories of the Future: National Identity Issues and the Search for a New Taiwan.* Edited by Stéphane Corcuff. Armonk, NY: East Gate, 2002.

Liao, Chi-Cheng, Chang-Hung Chou, and Jiunn-Tzong Wu. 'Regeneration patterns of yellow cypress on down logs in mixed coniferous-broadleaf forest of Yuanyang Lake Nature Preserve, Taiwan'. Botanical Bulletin of the Academia Sinica 44 (2003): 229–38.

Liao, Ping-Hui, and David Der-Wei Wang (eds.). *Taiwan Under Japanese Colonial Rule, 1895–1945*. New York: Columbia University Press, 2006.

Lin, Chi-ko. 'Alpine Plants in Taiwan Under the Influence of Climate Change'. *National Park Quarterly* (December 2013).

Lin, Hsiao-ting. *Accidental State: Chiang Kai-shek, the United States, and the Making of Taiwan.* Cambridge, MA: Harvard University Press, 2016.

Lin, Sylvia Li-Chun. *Representing Atrocity in Taiwan: The 2/28 Incident and White Terror in Fiction and Film*. New York: Columbia University Press, 2007.

Liu, Kexiang. 'Five Poems: "Black Flight," "Island Song," "Guandu Life," "Black-Faced Spoonbill," and "Exile of the Mangroves"'. Translated by Nick Kaldis. *ISLE: Interdisciplinary Studies in Literature and Environment* 11, no. 2 (2004): 267–70.

Liu, Chia-Mei, Sheng-Rong Song, Yaw-Lin Chen, and Shuhjong Tsao. 'Characteristics and Origins of Hot Springs in the Tatun Volcano Group in Northern Taiwan'. *Terr. Atmos. Ocean. Sci.* 22.5 (2011): 475–89.

Liu, Ts'ui-jung. 'Han Migration and the Settlement of Taiwan: The Onset of Environmental Change'. In *Sediments of Time: Environment and Society in Chinese History*, edited by Mark Elvin and Liu Ts'ui-jung, 165–202. Cambridge: Cambridge University Press, 1998.

Lorge, Peter. *Chinese Martial Arts: From Antiquity to the Twenty-First Century*, Cambridge: Cambridge University Press, 2012.

Lu, Shuping. *A Dark Page in History: The Nanjing Massacre and*

Post-massacre Social Conditions Recorded in British Diplomatic Dispatches, Admiralty Documents, and US Naval Intelligence Reports. Lanham: University Press of America, 2012.

Luo, Bin, and Adam Grydehøj. 'Sacred islands and island symbolism in Ancient and Imperial China: an exercise in decolonial island studies'. *Island Studies Journal* 12, no. 12 (2017): 25–44.

Makeham, John, and A-chin Hsiau (eds). *Cultural, Ethnic, and Political Nationalism in Contemporary Taiwan*. New York: Palgrave Macmillan, 2005.

Mayo, Marlene J., J. Thomas Rimer, and H. Eleanor Kerkham (eds). *War, Occupation, and Creativity: Japan and East Asia, 1920–1960*. Honolulu: University of Hawai'i Press, 2001.

Meigs, Doug. 'The Black-faced Spoonbill: Asia's beloved wading bird fights for space'. *Mongabay* (2 November, 2015), https://news.mongabay.com/2015/11/
the-black-faced-spoonbill-asias-beloved-wading-bird- fights-for-space/

Ministry of National Defence, *ROC. The Immortal Flying Tigers: An Oral History of the Chinese-American Composite Wing*. Taipei: Military History and Translation Office, Ministry of National Defense, 2009.

Mitra, O., et al. 'Grunting for Worms: Seismic Vibrations Cause Diplocardia Earthworms to Emerge from the Soil'. *Biology Letters* 5.1 (2009): 16–19.

Musson, R. M. W. 'A History of British Seismology'. *Bull. Earthquake Eng.* 11 (2013): 715–861.

National Taiwan Museum of Fine Art. 'The "Regional Flavor" of Art in Taiwan During the Japanese Colonial Era'. The Development of Taiwanese Art: Digital Exhibition Catalogue (2007). https://taiwaneseart.ntmofa.gov.tw/ english/Eb3_1.html

Ohashi, Hiroyoshi. 'Bunzo Hayata and His Contributions to the Flora of Taiwan'. *Taiwania* 54.1 (2009): 1–27.

Pan, Jason. 'Tree DNA database aims to combat illegal logging'. *Taipei Times* (29 June 2017).

Pocock, Chris, and Clarence Fu. *The Black Bats: CIA Spy Flights over China from Taiwan, 1951–1969*. Atglen: Schiffer Military History, 2010.

Ross, Pauline M., and Paul Adam. 'Climate Change and Intertidal Wetlands'. *Biology* (Basel) vol. 2, issue 1 (2013): 445–80.

Roy, Denny. *Taiwan: A Political History*. Ithaca: Cornell University Press, 2003.

Rubinstein, Murray A. *Taiwan: A New History*. Armonk, NY: M. E. Sharpe, 1999.

Shen, Eugene Yu-Feng. 'Plants of Unusual Economic Value on Taiwan'. *Taiwania* 7 (1960): 105–11.

Shen, Grace Yen. *Unearthing the Nation: Modern Geology and Nationalism in Republican China*. Chicago: University of Chicago Press, 2014.

Shen, Kuo. *Brush Talks from Dream Brook*. Translated by Wang Hong and Zhao Zheng. Chengdu: Sichuan People's Publishing House/ Paths International, 2011.

Shimoda, Brandon. 'The Papaya Tree'. *Evening Will Come* 67 (2017).

Sibueta, Jean-Claude, and Shu-Kun Hsu. 'How was Taiwan Created?'. *Tectonophysics* 379 (2004): 159–81.

Simon, Scott. 'Taiwan's Mainlanders: A Diasporic Identity in

Construction'. *Revue européenne des migrations internationales*, vol. 22, no. 1 (2009): 1–18.

Sui, Cindy. 'Why bamboo is booming again in Taiwan'. *BBC News* (9 April 2014).

Stafleu, Frans A., and Richard S. Cowan. *Taxonomic literature: A selective guide to botanical publications and collections with dates, commentaries and types*. Utrecht: Bohn, Scheltema & Holkema, 1976–88.

Swennen, Cornelis, and Yat-Tung Yu. 'Food and Feeding Behaviour of the Black-Faced Spoonbill'. *Waterbirds: The International Journal of Waterbird Biology* 28, no. 1 (March 2005): 19–27.

Swinhoe, Robert. 'Notes on the Island of Formosa'. *Journal of the Royal Geographical Society of London* 34 (1864): 6–18.

Takegami, Mariko. 'The Origins of Modern Geology in China: The Work of D. J. Macgowan and R. Pumpelly', *Zinbun* 46 (2015): 179–97.

Teng, Emma Jinhua. *Taiwan's Imagined Geography: Chinese Colonial Travel Writing and Pictures, 1683–1895*. Cambridge, MA: Harvard University Press, 2004.

Thomson, J. 'Notice of a Journey in Southern Formosa'.*Proceedings of the Royal Geographical Society of London* 17, no. 3 (1872–1873): 144–8.

Thornber, Karen Laura. *Ecoambiguity: Environmental Crises and East Asian Literatures*. Ann Arbor: University of Michigan Press, 2012.

Tsai, Tehpen. *Elegy of Sweet Potatoes: Stories of Taiwan's White Terror*. Translated by Grace Hatch. Upland, California: Taiwan

Publishing Co., 2002.

Tsou, Chih-Hua, and Scott A. Mori. 'Seed Coat Anatomy and its relationship to seed dispersal in subfamily Lecythidoidieae of the Lecythidaceae (The Brazil Nut Family)'. *Bot. Bull. Acad. Sin.* 43 (2002): 37–56.

Tung, An-Chi. 'Hydroelectricity and Industrialization: The Economic, Social, and Environmental Impacts of the Sun Moon Lake Power Plants'. In *Sediments of Time: Environment and Society in Chinese History*, edited by Mark Elvin and Liu Ts'ui-jung, 728–55. Cambridge: Cambridge University Press, 1998.

Vava, Hulusman, Auvini Kadresengan, Badai, Shu-hwa Shirley Wu, and John M. Anderson. *Voices from the Mountain: Taiwanese Aboriginal Literature: English Translation Series*. Taiwan: Serenity International, 2014.

Williams, Jack, and Ch'ang-yi David Chang. *Taiwan's Environmental Struggle: Towards a Green Silicon Island*. London: Routledge, 2008.

Wright, David. 'The Translation of Modern Western Science in Nineteenth-Century China, 1840–1895', *Isis* 89.4 (1998): 653–73.

Wu, Ming-Yi. *The Man with the Compound Eyes*. Translated by Darryl Sterk. London: Vintage, 2014.

——. *The Stolen Bicycle.* Translated by Darryl Sterk. Melbourne: Text Publishing, 2017.

Xia, Mingfang. 'The Ecology of Home'. *RCC Perspectives: Transformations in Environment and Society*. Munich: Rachel Carson Centre, 2017.

Yagng, Bao-yu. 'Studies on Taiwan Mosses: Notes on Three Noteworthy Mosses of Taiwan'. *Taiwania* 8 (1962), 29–33.

Yang, Dominic Meng-Hsuan, and Mau-Kuei Chang. 'Understanding the Nuances of *Waishengren*'. *China Perspectives* (2010), 108–22.

Yang, Linhui, and Denming An, with Jessica Anderson Turner. *Handbook of Chinese Mythology*. Santa Barbara: ABC- Clio, 2005.

Yangmingshan National Park. 'The Topology of the Datun Volcano Group'. (29 November 2011) http://english.ymsnp.gov.tw/index.
php?option=com_content&view=article&id=652 Yeh, Benjamin. 'Rising Sea Levels Threaten Taiwan'. *Taipei Times* (10 May 2010).

Yen, Chuan-ying. 'Colonial Taiwan and the Construction of Landscape Painting'. In Liao, Ping-Hui, and David Der- Wei Wang (eds). *Taiwan Under Japanese Colonial Rule, 1895–1945*. New York: Columbia University Press, 2006, pp. 248–61.

Yen, T.M. 'Relationships of Chamaecyparis formosensis crown shape and parameters with thinning intensity and age'. *Annals of Forest Research* 58.2 (2015): 323–32.

Yu, Yonghe. *Small Sea Travel Diaries: Yu Yonghe's Records of Taiwan*. Translated by Macabe Keliher. Taipei: SMC Publishing, 2004.

引文出處

第7頁　題辭出自 'The Papaya Tree' © 2017 by Brandon Shimoda 已獲作者授權使用，將題辭刊印於本書

第49頁　摘文出自 *Taiwan's Imagined Geography: Chinese Colonial Travel Writing and Pictures, 1683–1895* by Emma Jinhua Teng. Copyright © 2004 by the President and Fellows of Harvard College. 已獲Harvard University Asia Center授權刊印於本書

第76頁　摘文出自 *Mountains of the Mind* © Robert Macfarlane, 2003. 已獲Granta Books授權刊印於本書（繁體中文版為大家出版於二〇一九年出版）

第169、197頁　摘文出自 Liu Ka-shiang's 'Small is Beautiful' from *The Isle Full of Noises*, edited by Dominic Cheung. Copyright © 1987 Columbia University Press. 已獲出版者授權刊印於本書